Placeres Cárnicos
Cuentos de Mónica Lavín

Placeres cárnicos/Meaty Pleasures
Primera edición 23 de abril de 2022
First Edition April 23rd, 2022

© Mónica Lavín

© Traducción de/Translation by Dorothy Potter Snyder

© Arte de portada/Cover art by Karla Cuéllar

Editor for English translation: Michelle Rosen

© Publicado por/Published by katakana editores 2022.
Todos los derechos reservados/All rights reserved

ISBN: 978-1-7365650-1-8

KATAKANA EDITORES CORP.
Weston FL 33331
katakanaeditores@gmail.com

Cuentos de
Mónica Lavín

Placeres
Cárnicos

katakana
editores

Colección inédita en español, selección realizada
por Dorothy Potter Snyder

CRÉDITOS

"Bolero" se publicó con el título "La cintura equivocada" y "¿A qué volver?" por primera vez en *Ruby Tuesday no ha muerto*, Premio Nacional de Literatura Gilberto Owen, Diana, 1998

"Los jueves" y "El cuidador" se publicóaron por primera vez en *La isla blanca*, Lectorum, México, 1998

"La sobremesa", "Uno no sabe", "El muerto ajeno" y "Placeres cárnicos" se publicaron por primera vez en *Uno no sabe*, Random House Mondadori, México, 2003

"La señora Lara" y "La perfecta" se publicaron en *La corredora de Cuemanco y al aficionado a Schubert*, Punto de Lectura, México, 2008

"Ladies Bar" se publicó en *Manual para enamorarse*, Random House Mondadori, México, 2012

Short Story selection for Meaty Pleasures by Dorothy Potter Snyder

CREDITS

Previous versions of D.P. Snyder's translations of *Postprandial, What's There to Come Back to?* and *The Caretaker* were first published in *The Sewanee Review,* Volume CXXV, Number 2, Spring 2017.

The story currently entitled *Bolero,* which has never been published before in English, was originally published in Spanish as *La cintura equivocada.*

Contenido

La sobremesa   9

Uno no sabe   15

Bolero   23

La boca de Roberto   29

Los jueves   41

¿A qué volver?   45

Ladies Bar   51

La señora Lara   59

El muerto ajeno   69

La perfecta   77

El cuidador   85

Placeres cárnicos   95

Table of Contents

Postprandial   105

You Never Know   113

Bolero   123

Roberto's Mouth   129

Thursdays   143

What's There to Come Back to?   149

Ladies Bar   155

Señora Lara   165

A Foreign Body   175

The Perfect Woman   185

The Caretaker   197

Meaty Pleasures   209

La sobremesa

TE DETIENES FRENTE AL MENÚ EN EL ATRIL del restaurante y examinas la carta.

Observas el decorado, una especie de bistró *high-tech* que te llama la atención. La entrada del restaurante da al lobby del hotel así que te asomas para saber de qué se trata, total es media tarde y no intimidas comensales. Los meseros están ocupados colocando los cubiertos y los floreros para la cena.

En los hoteles hay que prever las cenas desde las seis de la tarde. Bajo la lamparilla adosada a la pared en una mesa, un hombre te descubre y saluda con la cabeza. Tú sonríes y sientes la urgencia de salir. Ya viste el lugar, pero él te indica con la mano que te acerques. Parece el gerente, con un saco azul marino y una corbata roja. Saludas y dices que está muy bonito el lugar, que no lo conocías. Lo acabamos de remodelar, te contesta y te pide que te sientes. Venía por un regalo a Larios, te defiendes. Te dice que sólo tomará unos minutos, quiere que pruebes algunos platillos, todo es nuevo, el menú, el chef. Explicas pálidamente que no tienes hambre ante su sonrisa serena y sus ojos azul plomizo. Extiende sus manos grandes —notas cuán grandes son— y ordena al mozo traer algunas muestras. Piensas que por qué no. Te gusta comer y ese hombre quiere tu opinión.

Las cinco de la tarde y el mozo coloca las copas y sirve un poco de vino en la del hombre del saco azul que hunde su nariz y aspira y te pregunta si no tienes inconveniente en acompañar la degustación con un poco de vino. Un placer, dices y él te explica que el año de la cosecha de ese vino francés es estupendo, que el tipo pinot noir va bien con el trozo de atún, una menuda porción de pescado rojo casi crudo cubierto por pimienta, una loncha húmeda y de intenso sabor que detienes en la lengua y que pasas por la garganta entrecerrando los ojos, luego das un sorbo a tu copa. El te mira, ni siquiera ha probado la muestra que le corresponde, descubre tu gesto, una mueca placentera de los ojos, un suspiro de agrado. Las porciones de lomo de cordero en hojaldre, un poco de endivias con queso de cabra, una ternera con morillas, todo pasa delicado e intermitente por el mantel blanco y tu paladar. Te cuenta que fue lavaplatos y ahora es el gerente del restaurante de ese hotel, la historia te interesa, ha estado en degustaciones de vino por todo el mundo, conoce catadores que se han vendado los ojos y han identificado regiones, variedades y años de cosecha.

Llama al mozo y le pide que enderece un cuadro de la pared y que llene los saleros a tope, sus ojos se fijan en los zapatos. Siempre deben estar bien boleados, te explica. Sus ojos azul plomizo te miran con firmeza, con cierto deleite mientras pruebas el Chateau Lafitte que el mozo ha descorchado y tú lo escuchas y lo observas como si fueras parte de una obra de teatro con el papel de someterte a los designios del personaje principal. Por último te ofrece una porción de chocolate amargo en un plato pequeño de porcelana blanca en forma de concha, y asegura que sabe mejor si se acompaña con champagne. Así que te toma de la mano, con esa su mano grande, y te lleva en volandas por los pasillos mientras tú descubres que es alto y que su pelo castaño cenizo te gusta y sus maneras, no sabes si son la genética francesa y escocesa mezcladas o lo aprendido entre platos, cacharros, mesas, chefs, meseros, lo que te seduce.

Te lleva al 704 y no entiendes como la botella de champagne llegó antes y reposa en la hielera plateada. Te sientas en el sofá junto a la cama y esperas a que te extienda la copa, mientras en silencio miras por la ventana la ciudad ajena a tu observancia desde un séptimo piso. Te sientes extranjera en tu lugar, sonríes, y el de los ojos azul plomizo te acerca la copa y en silencio mientras bebes te quita los zapatos, te desabotona la blusa y busca con delicadeza el centro de tus pechos para juguetear con el pezón. Entrecierras los ojos nuevamente y te abandonas a las manos grandes que acaban por desnudarte toda y tenerte en el sofá con la tarde invadiendo el cristal y la alfombra y su nariz larga olfateando tu cuello y su lengua enchampagnada degustando tus pechos, succionando con su boca toda el sabor secreto de su blancura. Chupa tu ombligo, muerde tus piernas, ensaliva tus pies, toca tu vientre como si palpara la frescura de un lenguado, observa a la carne responder y busca con dedos de artesano tu clítoris punzante. Lo incita con delicadeza como si sazonara el platillo que después su boca ha de sentir, su lengua herir. Te ha vuelto líquida: un amasijo de carnes húmedas, un batir de valvas marinas, un escurridero de babas y membranas. Toda tú eres comestible, te ha puesto al punto de no desear más que saborearlo, sentir su sexo crecido en tu boca, ahogándote, dejándote sin aire, exaltando el deseo de que te horade, que te rompa, que te ensarte como después lo hace para dejarte lacia y abandonada, como los restos en un plato.

Dejaste pasar una semana, necesitabas disfrutar la sobremesa y pensaste que escoger la misma hora y el día permitía la repetición del encuentro. Antes de salir de casa cuidaste de bolear los zapatos negros y manejaste con la idea de distraer la certeza. Podía ser solamente el embrujo de un momento, y sin embargo ya saboreabas el vino y tu cuerpo reclamaba su boca succionando tus pechos eternamente. Eran las cinco cuando te vio entrar. Al acercarte, se puso de pie con su camisa amarillo pálido asomando bajo el saco gris. Las dos copas en la mesa te estaban esperando. Todo procedió como un concierto perfectamente dirigido por sus ojos azules y su mano experta, esa que ya extrañabas con apetito. Comenzó el desfile de viandas, los caracoles bourgignone que él extraía de la concha y que temblaban aún como si estuvieran vivos mientras los colocaba en tu lengua, para que ajos y aceite proveyeran del material deslizante y luego te ofrecía el Matarromera español para suavizar sabores y exaltar deseos que se calmaban con ostiones al parmesano y nacía una nueva apetencia que no se colmaba con más sabores que los de la piel y el sudor en otro cuarto distinto, con la misma luz de la tarde y la estridencia de la posesión frente al espejo mientras él miraba tu gesto, tu piel enrojecida, tus ojos desanclados y se aferraba a tus pechos como los duraznos que esa tarde eligiera para macerar en vino y azúcar. Y tú buscabas en sus ojos azul plomizo reflejados en el espejo, la razón del gozo, la permanencia del gozo que se perdía en el vidrio empañado por el vapor de la tina.

Te aferraste al rito, te hiciste adicta, te despojaste de la cordura cada viernes durante meses, entre vino y viandas y el champagne como antesala de los placeres carnales renovados y frenéticos que no necesitaban pedir la complicidad del alma ni asentar que todo sucedería el viernes siguiente, así era. Así fue hasta la tarde en que su mirada azul plomiza te recibió más oscura, regañó al mozo en turno por la falta de brillo en sus zapatos, regresó el salero que tenía huellas de grasa y dijo que las flores tenían un olor que estropearía la cena. Hubo platillos que comiste con cierta inquietud, las palabras no habían sido la moneda de intercambio entre los dos, él te miró con nostalgia anticipada. Descorchó un Vega Sicilia que terminaron en el piso 18. Cada vez más cerca del cielo, le dijiste. Por respuesta te hizo el amor con dulce parsimonia, te tocó con delicadeza hincado junto al sofá de la tarde rojiza y te dio de beber champagne de su copa. Absorbió la humedad para dejarte un cascarón reseco, te arrinconó contra la pared y entró en ti como si te violara en un callejón oscuro, tus manos ansiosas arañando la pared. Preparó la tina mientras tú mirabas la placidez de la oscuridad naciente, ajena al torbellino que también sería tuyo. Te lo dijo cuando te metiste en la tina mientras te observaba flotar y tu pelo extenderse sobre el agua. Me voy a un hotel en Niza. Te quedaste muda, te sumiste dejando el rostro cubrirse con el agua. ¿Cuándo? Mañana, te dijo, mañana por la tarde. ¿Por qué?, le preguntaste mientras te lavaba con la esponja el pie que sobresalía de la tina. Es mejor trabajo. Lo miraste con rabia. Te hubieras quedado de lavaplatos, lo heriste y él siguió tallando aquella piel con insistencia, y luego tomó tu pierna y la frotó con fuerza, las manos hundidas en el agua raspando tu vientre, el pecho, los pezones enrojecidos y tú mirando su rostro desesperado te incorporaste para abrazarlo y mojarlo y besarlo y quitarle la esponja y posarte sobre él para hacer el amor en el piso del baño, como un aullido lastimero y último.

Tuvo a bien recomendarte; tal vez una manera de prolongar el tiempo que había sido suyo, pensaste. Habló al dueño de tu sapiencia gastronómica, de tu exquisitez, de tus papilas gustativas, de los vinos que conocías y podías recomendar, y aceptaste. Era un buen trabajo y podías estar en la mesa contra la pared, bajo la lámpara dando órdenes, disponiendo e inventando placeres ajenos, observando el lustre en los zapatos. Lo viste entrar con su libreta de notas, era un joven que escribía para un periódico. Siéntese, le indicaste y pediste al mesero el desfile de guisos y los vinos de tu preferencia. Entrecerró los ojos mientras masticaba el trozo de salmón a las finas hierbas y sonreíste. Hiciste señas al mozo, el champagne te estaría esperando en la habitación 704. ☷

Uno no sabe

UNO NO SABE QUE UN DÍA SE IRÁ A LA CAMA y cuando despierte papá pondrá los cereales en la mesa nervioso y sin haberse rasurado, las hermanas hablarán en voz baja y nadie dirá que mamá no está. Uno se irá a la escuela pensando que la verá al volver, pero será Trini quien abra la puerta del departamento, sirva la sopa de fideo y rezongue porque de ese día en adelante le toca disponer como si fuera la señora de la casa. Uno piensa que alguien lanzará algo, un quejido, una pregunta, un plato porque una madre no puede irse así. En vez, las hermanas acarician la cabeza de uno, y papá llega por la noche a preguntar sobre la escuela y el futbol con impostado interés. Sentado al borde de la cama no se fija que uno no se lavó los dientes y parece que va a comenzar a explicar algo, pero los ojos se extravían entre las repisas con coches de juguete y suelta un buenas noches apresurado. Uno no sabe que el silencio será la explicación, que todos andarán como si la voz de la madre ausente fuera humo, como si los domingos siempre hubieran sido cuatro a la mesa, como si vendieran los calcetines con hoyos y fuese normal que Trini lo llevara al doctor en un taxi. Y uno irá a la escuela con los ojos como plato, con el asombro pegando las pestañas a los párpados porque nadie se ha atrevido a llorar, a patear las puertas, porque el único cambio visible son las fotos removidas. Sólo en el buró del padre está una en blanco y negro donde se miran los dos alegres, sentados en una banca. Vestigios de su madre en el cuarto que poco frecuenta uno, porque más vale no naufragar en el tamaño de la cama, en la doble almohada ni tras las puertas del clóset. Uno ni siquiera sabe si allí todavía cuelgan sus vestidos porque las hermanas se han encargado de echar llave, y son ellas las que van a los festivales de la escuela, firman las calificaciones, hablan con las maestras. El padre callado pasea por la casa como telón de fondo; uno supone que es la única forma posible de aceptar que no hubiera un beso de despedida.

Uno crece y se acostumbra a Trini mal humorada, a las hermanas a oscuras con los novios en la sala, a las reuniones con los abuelos, a las leves alusiones a ciertos rasgos de la madre repetidos en los hijos, como el paso de una franela que recoge el polvo de los muebles. Uno aprende a no visitar a la abuela Nona porque sólo habla de papá y su cerrazón, y porque las hermanas disgustadas no resisten que busque razones para la orfandad de sus nietos. Uno no quiere estar en casas ajenas que le recuerden a una madre de rasgos borrados. Pasan los años y uno empieza a mirar las piernas de las mujeres, a imaginarse besándolas y acariciándolas y uno da todo por rodear una cintura apretada y aspirar un aliento dulce, y uno las besa y las abraza en la penumbra del cine y se masturba pensando en ellas y cuando comienza a desear más allá de su cuerpo, su presencia y su ternura, uno se va sin despedida.

Por eso uno se puede ir un día sin dar explicaciones. Ha pescado una conversación furtiva entre el padre y la cuñada, alguien la vio en Nueva York, es mesera en una cafetería de la segunda avenida. Uno piensa que un destino así está lleno de grasa de frituras. Y el coraje se atiza. Uno tiene veintiún años y trabaja en el despacho de un tío abogado mientras estudia, ha juntado el dinero para pasar un mes en esa ciudad. Así que le dice a su padre que hará un viaje y no le indica cuándo ni a dónde. Un día toma el avión y se sube ligero. Cafeterías en esa avenida tan larga hay muchas; descarta los restaurantes chinos, las pizzerías, los bares, pero aún queda un gran número de posibilidades. Alquila un cuarto de hotel de medio pelo en la Noventa y dos y la Primera. Planea recorrer las dos aceras de la Segunda desde el Lower East Side hasta el Spanish Harlem. Está seguro de que acertará. Tiene el día entero para hacerlo, el dinero para consumir tés, refrescos y donas, porque no basta mirar desde la calle, hay que sentarse adentro. Debe reconocerla trece años después del recuerdo que tiene de su cara, que ya no será la de la foto del buró de su padre.

Uno anda en tenis y chaqueta gruesa porque a fines de abril puede sorprender la lluvia menuda o la nieve; uno no habla con nadie y no cuesta trabajo. Pasan dos semanas y ha mirado tras el vaho de los ventanales grasosos de las cafeterías donde las meseras lo llaman *deary* también entre la vajilla blanca y delicada de las cafeterías de los hoteles. Uno ha entrado por la mañana y por la tarde al mismo lugar porque quién sabe qué turno le toque a una mesera en una ciudad que nunca para. Antes de salir del hotel, marca el croquis y como quien va al hipódromo, lanza sus apuestas: volver al Ruby's, recorrer de la Cuarenta a la Sesenta. Navega entre el cálculo y la corazonada. Por eso a las tres semanas, sin que su esperanza haya flaqueado, sin amasar resentimiento por las noches, cuando entra a la cafetería de la esquina de la Segunda Avenida y la Noventa y cinco—mientras dobla el croquis y lo guarda en el bolsillo— sabe que la ha encontrado. Uno la ha visto colocar los platos en la mesa de junto, inclinar el cuerpo en uniforme beige y es la manera de recoger los platos lo que la delató. La súbita remisión a la mesa del comedor. Pensó que sería la mirada, o el cuello largo, o tal vez la nariz afilada lo que le permitiría reconocerla no aquella postura alguna vez doméstica, hoy gaje del oficio. La quiere observar así, a distancia, pero ella advierte que un cliente aguarda. Uno se parapeta mirando la carta. Sabe que pronto escuchará su voz. Espía sus piernas y sus zapatos bajos de suela de hule.

—*Good morning, are you ready to order*? — le pregunta en un inglés extranjero.

Uno la mira porque está desconcertado, porque la quiere contemplar como una foto: el pelo pintado de rubio ceniza, la nariz afilada, una sonrisa a la fuerza. Insiste con otra pregunta: *What are we up for this morning?* Uno no sabe qué hacer cuando su madre le habla en inglés al mismo tiempo que vierte un café recalentado en la taza mustia. Antes de que se aleje dispuesta a atender otra mesa, porque el cliente no ha resuelto, ordena por retenerla unos hot cakes. Uno advierte que todos la llaman, que ella sirve y que le dejan monedas sobre la mesa. Uno no sabe qué hacer ante una madre que no despliega ninguna deferencia con ese cliente pedazo suyo, al que no mira con más ahínco que al obrero de junto, que a las señoras de la mesa más atrás.

Cuando le trae los hot cakes humeantes, el *thank you* de él delata su extranjería.

—¿Visitando?— pregunta ella.

—Buscando trabajo— dice uno cortante mientras unta con lajas de mantequilla los hot cakes. Observa como el calor las vuelve líquido. Se esmera en cercenar los redondeles hasta conseguir rebanadas homogéneas. Uno no sabe qué sigue. Las mastica y las traga con dificultad, ansioso por salir cuanto antes de aquella cafetería. Hace señas a su madre:

—La cuenta.

La mesera acostumbrada a las prisas deja la cuenta junto al plato enmelado.

Uno sale a caminar desorientado. Va a la esquina y retrocede, cruza la acera, echa a andar por cualquier calle. Se topa con el croquis de la ciudad en el bolsillo, lo arruga allí dentro y en el primer basurero lo tira. Uno vuelve por la mañana. ¿Cómo desperdiciar el precioso hallazgo? La noche le ha dado claridad. Pero uno no cuenta con que ese día ella descansa porque no la ve en el restaurante. Se acerca una mesera negra. Uno pregunta por Olivia. Es su nombre si no se lo ha cambiado. Le responde que mañana estará allí de nuevo. Un día parece un racimo de años, la suma de todos desde que Trini sirvió los fideos y comieron los tres hermanos solos. La rabia crece mientras el bolsillo mengua. No hay tiempo que perder.

Al día siguiente regresa y la descubre desde los ventanales que dan a la calle. Se detiene un rato para mirar el pelo recogido y la nariz afilada. Se sienta en la misma mesa y Olivia —su nombre está escrito en el gafete plastificado— le pregunta con una sonrisa que si quiere otra vez hot cakes.

—Te busqué ayer, Olivia.

Para qué andarse con rodeos.

—Descansé. ¿Encontraste trabajo?

—De eso quiero hablar, podrías tomarte una copa conmigo en la noche.

Olivia titubea mientras acomoda el mantel de papel, vierte el café en la taza.

—No me gusta el café— dice uno.

Ella sigue llenando la taza.

—A las cinco, en el Marmara, dos calles abajo— contesta Olivia.

—¿Cuánto es? — se levanta uno.

—Pero si no has ordenado.

—No importa.

Deja un dólar en la mesa y se va.

Desde la caída de la tarde uno bebe en la barra del Marmara. Olivia se acerca erguida, con los zapatos de tacón luce más alta. Lleva un saco largo azul marino, el pelo suelto, le cae el fleco en la frente.

—Nunca he tomado una copa con alguien tan joven.

—Ni yo con una mesera en Nueva York— responde uno—. ¿Eres mexicana?

—¿Se nota? ¿Y tú?

—De El Salvador, pero estudié en México —miente.

Les sirven vodka tonics y uno quiere hablar lo menos posible. Evita saber de su vida, pero Olivia le cuenta que se enamoró de un hombre y por él dejo todo en México. Uno no pregunta qué pasó después, aunque percibe que ella desearía contar el desenlace. Pero ella sigue diciendo que dejó todo por nada y él por ahogarle la voz le acaricia las piernas. Ella guarda silencio. Uno deja las manos sobre los muslos resguardados por la falda de lana para cerciorarse que es capaz de estar cerca de la piel de esa mujer. Ella no habla y lo mira. Uno no resiste los ojos familiares. Aprieta el vaso por no estrellarlo contra el suelo. Pide otra copa para los dos e intuye que ella hace una concesión al aceptar. Salen sin que medie conversación alguna, la lleva de prisa y de la mano por la calle, la siente ligera como una cosa pequeña. Recuerda otros cuerpos cercanos y atolondra el sentimiento. Apenas entran en la habitación, uno le quita el saco azul y la tumba boca arriba, el pelo se desparrama sobre el blanco percudido de la sábana. Uno se desabotona el pantalón de prisa, Olivia se baja las medias y la pantaleta, ansiosa. Uno entra en ella sin dificultad. Observa su cara congestionada, los ojos cerrados que uno agradece. Entonces piensa que ha entrado por el mismo conducto que se distendió para que él naciera. Uno siente una lujuriosa repulsión y olvida las palabras a verter. Se tira exhausto sobre su pecho, Olivia se desliza hacia arriba buscando los cigarros que están en su bolsa sobre el buró. La cabeza de uno ha quedado sobre esos muslos desnudos muy cerca del pubis. Uno no quiere mirarla, uno no quiere dejar el regazo caliente.

Olivia le acaricia la cabeza con una mano mientras se lleva el cigarro a la boca con la otra.

—Espero que sea habitación de fumar— se ríe.

Uno sigue allí con los párpados apretados, con el silencio de la verdad aterido en su garganta, en su sexo vencido.

—Tu también tienes la nariz afilada— dice Olivia con ternura—. ¿Estás bien?

Uno no atina a clavar la puntilla: no dice Olivia Sansores, soy tu hijo. Esconde la nariz afilada, la aplasta inútilmente contra la pierna de mujer. Uno se queda dormido, abrazándose a si mismo y amanece solo. Entonces persigue el olor de su madre sobre la almohada y encuentra la colilla en el cenicero. Uno se baña para volver por hot cakes. Localiza una mesa vacía que Olivia atienda. Cuando ella lo descubre, se acerca a servirle café.

—Te dije que no me gusta el café —obstruye la taza con la mano—. ¿Por qué te fuiste?

—No iba a esperar a que en la mañana confirmaras mis 49 años.

Uno come hot cakes atropelladamente y deja todo el dinero que le queda sobre la mesa. Esa noche toma el avión de regreso. Desde la ventanilla observa la retícula iluminada de la ciudad que queda el perfil de su nariz reflejado en el vidrio. Uno sólo sabe que es mejor partir sin despedirse. 卐

Bolero

La canción se desgarra inútil contra el lejano rumor marino. Una y otra vez repite los ritmos y las palabras *Viajera que vas, por cielo y por mar*. Algunas voces persiguen la letra, tararean la melodía. Se oye por encima de la pieza el sonido de las copas y la conversación. Sobre el barro barnizado nadie baila. Alguien dice que el danzón es muy difícil. Ana abandona la cadencia de la pieza y contesta que quiere aprender. Gabriel la mira y prosigue por lo bajo con la canción... *dejando en los corazones*. Ana se atreve: *¿Te la sabes? A mí me tocó, quererte también, besarte y después perderte*, canta él por respuesta. *Me gusta*, contesta Ana. Inútil se desperdicia la tonada mientras los pies de Gabriel la persiguen sentado y la cintura de Ana anhela el soporte de la mano del bailarín. Los dos beben y miran el filo blanco de la espuma marina a lo lejos.

Dos parejas se han puesto a bailar descalzos. La vacación junto al mar permite esa informalidad. La terraza de la casa donde han coincidido esa noche se ha llenado de la humedad plácida de la costa y el bienestar del alcohol. Ana no tenía muchas ganas de ir a la playa con un grupo ajeno, pero una amiga de su madre las ha invitado. Pensó que a su madre que casi no sale le haría bien pensó.

Gabriel es amigo del dueño de la casa. Como su mujer está visitando a sus padres en Lisboa ha venido solo. Maga, la esposa del dueño, ha insistido en que debía divertirse ese fin de semana en que vendrían primos y amigos.

La espera se vuelve dolorosa. Dos parejas más se suman al baile. Ana quiere hacerlo, pero no es de las mujeres que se atreven a sacar a los hombres a bailar. Ninguno es de su confianza y además ella quiere que la saque a bailar el alto de los lentes, que se sabe la canción y que la mira de soslayo y se sonríe cuando se tropieza con la de ella que lo espía a vuelo de pájaro.

Gabriel mira las piernas de Ana y piensa en su silueta cuando se mete al mar solitaria. El platica con todos bajo la sombra de las palapas frente al mar, pero con Ana, que le intriga, no se atreve. Un poco por timidez, un poco porque es un hombre casado y está solo ese fin de semana y el no anda cazando aventuras. Hablar a una mujer bonita no está del todo mal, pero teme querer seguir la conversación por la tarde y a la puesta del sol, y a la mañana siguiente. Eso le pasa con ciertas mujeres. Por eso no se acerca, por lo menos no a la luz de cien ojos testigos.

Mi luna y mi sol irán tras de ti... alguien presionó la tecla para que se repita "Viajera" al infinito. Nadie parece molestarse. Los que bailan no han parado, los que conversan lo siguen haciendo. Ana y Gabriel se unen por pedazos a las conversaciones sin que Gabriel deje de llevar el ritmo con los dedos sobre el vaso y Ana mira de cuando en cuando a los que bailan.

Gabriel va a servirse otra copa y pregunta quién quiere algo. Nadie le responde. Ana espera a que la mire directa. *A mí tráeme un whisky, por favor.* De regreso Gabriel extiende la copa y roza los dedos de Ana cuando intercambian vasos. La situación los tensa. Ana dice un gracias tímido, frágil y seductor. Es el momento de sentarse al lado de Ana y conversar. Todos conversan. Ana se siente cómoda con la presencia de Gabriel a su lado, ya no tiene que pescar trozos de conversación para agregar algo que no la deje a la deriva entre la terraza y la playa. Maga con su vestido de lunares beige pide a Gabriel con desparpajo que baile con ella. *Me corresponde como anfitriona*, dice a Ana a manera de disculpa.

Como un caballero, Gabriel dice con permiso y toma a Maga por la cintura. Ana debiera pararse y decirle te has equivocado de cintura. La mirada de Ana naufraga entre su copa, a la cual da sorbos rápidos, y la nueva pareja en la pista. *No sé que será sin verte, no sé que vendrá después...* Gabriel mira a Ana entre el pelo cobrizo de la anfitriona. Ana sonríe suave, perceptible sólo para el bailarín que tiene la cintura equivocada y que en esa mirada resignada ha confirmado que él lo sabe. Ana, después de ese gesto cómplice, se recrea en los danzantes. Gabriel sabe bailar. Ana intenta sospechar su olor, constata estaturas para dibujar la cercanía de su olfato al cuello largo de Gabriel.

Por la segunda repetición de la pieza, Ana se impacienta. Es un suplicio. No quiere acercarse al grupo que conversa por si Gabriel retoma el sitio a su lado. Así lo hace, pero Maga se une.

Pregunta por Raquel y los niños, *cuándo vuelven, cómo la debes extrañar, aunque no te faltarán pretendientas*. Ana incómoda se va al baño. La melodía la persigue *vibrar de canción y luego, mil decepciones*, no sabe si optar por irse a su cuarto. Mañana salen temprano de regreso a la ciudad. Al salir del baño se acerca a la barra y se sirve un refresco. Gabriel llega a prepararse otra copa. *¿Has disfrutado el fin de semana?*, pregunta por llenar el silencio. Ana contesta que sí y regresan charlando lado a lado. Maga ya no está sentada donde antes. *A mí me tocó, quererte también… Baila conmigo*, pide Ana sin haberlo premeditado. Gabriel, con su buena educación, no puede negarse. Entonces la cintura de Ana se acoge al soporte de la mano que la guía y que presiona los dedos con fuerza. El ritmo sobre el vaso y con los pies en el piso de barro, se despliega armónico, ocupa el espacio, opaca el rumor del oleaje lejano. Las figuras sobre la terraza se borran y sólo son ellos sobre la pista. El olor sutil en el cuello de Gabriel, el hombro que se antoja resguardo, el pelo de Ana atado a la nuca, sus pies que se acoplan a los pasos que manda el hombre como si fueran una conocida pareja de baile.

No se han dado cuenta que la canción va en su tercera vuelta y que los demás los miran. La música calla, Ana y Gabriel voltean hacia Maga que ha puesto el *stop* y que dice que hay que dejar dormir a los demás. Ana y Gabriel se miran tristes. Gabriel roza la mano de Ana. *Qué bueno que bailaste conmigo*, dice ella. *No he parado de bailar contigo toda la noche*. Maga pide que recojan vasos y no queda más remedio que hacerlo y perderse en los pasillos hacia sus respectivas habitaciones. Al final Maga es la que apaga la luz de la terraza.

El vuelo sale temprano. Ana aparece con su madre en el lobby y mira hacia la terraza vacía. Suspira por despedida. *Mi luna y mi sol irán tras de ti...* sonríe. *Parece que olvidaron apagar la música*, comenta a su madre sin saber que, dormido sobre un sillón de la terraza, Gabriel es el que ha pulsado la tecla *repeat*.

La boca de Roberto

LA CIUDAD ERA UNA COLCHA DE LUCES QUE
la esperaba. Ileana sofocó los latidos desordenados de su corazón a cepilladas que sacaron brillo a su cabellera azabache.
Tomó el espejito de su bolsa y marcó el contorno de sus ojos
negros, se aplicó el color durazno sobre los pómulos. A él le
gustaron sus pómulos cuando vio la foto. Ileana los miró figu-
rándose cómo los recorría él en la imagen de la pantalla. A mi
tus labios, escribió ella. Ileana puso el espejo frente a sus labios y los pintó también durazno. Los labios lejanos, los labios
sólo luz en la pantalla estarían en unos minutos frente a ella.
Tibios, se moverían cuando Roberto hablara, se alargarían
cuando sonriera, se hincharían cuando la besara. Serían húme-
dos, rosados junto a su piel morena. ¿Y si la boca en la pantalla
no era la boca de Roberto? No, imposible. No hubiera dicho
entonces: ven conmigo cuando ella dijo que estaba harta, que
no soportaba un minuto más de su marido, sus hijos, su suegra,
su madre, su vida. Además, fue después de eso que apareció
la foto, cuando ella dijo sí, dentro de dos semanas nos vemos,
pensando que apenas la dejara el marido en su clase de yoga
cogería un taxi para la estación. ¿Cómo te reconoceré?, preguntó ella. ¿Hablarás como escribes? ¿Me verás a la distancia y
caminarás hacia mí murmurando que deseas morder mi cue-

llo, que mientras escribes la palabra cuello te excitas, que escribes propulsado por una erección, que desconocías el poder de las palabras para erizar el cuerpo, para reventar el pantalón, para humedecerlo?

Entonces llegó la foto. Sólo hacía ocho días que Ileana le había conocido el rostro al hombre que frecuentara en su chat cotidiano los últimos meses. A él le contaba de cómo vivía entre muchos y no era posible hablar con nadie. Sus hijos demasiado pequeños le producían alegría de cuando en cuando, pero eso era todo. Lo demás era servir a su casa, a su marido, a los pequeños, servir a su figura, a sus padres, a las mamás del kínder, al kínder, a la iglesia y sus misas dominicales, a los domingos y las comidas con su suegra y sus cuñadas mientras los caballeros jugaban dominó. ¿Y ella? ¿Quién sabía lo que ella pensaba, quería, soñaba? Yo sí sé, la confortaba Roberto. Desabrocha tu pantalón y acaricia tu sexo. Piensa que soy yo. Piensa que yo reconozco dónde están tus sueños; tus sueños son ríos calientes y tú te arrojas a la marea del vaivén placentero. Sueñas con que te complazcan, que te adivinen al puro tacto, que te huelan, que te arranquen la soledad a fuerza de succionarte la piel, de irritarte los pezones. Yo soy tu sueño. Él que te aligera. Y entonces Ileana perdió la cordura. Descubrió el lenguaje del deseo. Cambió su *hoy estoy triste* por *estuve pensando que entrabas en mí, con tal fuerza que me incrustabas en la pared, que me dejabas herida de placer, acuchillada por tu pene. Quiero que me duela.* Ileana desconocía la existencia de las palabras mágicas. El abracadabra que disipaba su soledad y su desazón; ábremecadavez. Y eran reales. Las palabras habían conjurado el encuentro. Ileana, aunque no se lo había dicho a Roberto, estaba dispuesta a dejarlo todo por un lenguaje de salvación.

Bajó el maletín de hacer ejercicio, se acomodó la blusa ajustada al talle y alisó el pantalón y con la bolsa al hombro se apeó del camión. Ahora sí no había manera de pausar la velocidad de su corazón. Mientras traspasaba las rejas giratorias movía la cabeza a uno y otro lado buscando a un Roberto del cual sólo había visto un rostro de tez morena y labios gruesos, pelo oscuro peinado hacia atrás. Avanzó despacio, temía perderse entre la marejada de viajantes. Despacio y cautelosa, como quien quiere ser atrapada. Se quedó quieta en el centro del pasillo; entonces lo vio. Recargado en una columna con los brazos cruzados al frente, la observaba. Le sonrió. Ileana no se movió. ¿Y si no era Roberto? ¿Y si sí era, acaso la había estado observando en lugar de correr a recibirla?, ¿de darle una bienvenida ejemplar entre flores y un abrazo que era una liberación? Habían salido de la pantalla a la terminal de Vallejo. Le recorrió el cuerpo con la mirada insolente. Se preguntó de nuevo si sería Roberto intentando cotejar el rostro que la miraba divertido con el de los megapíxeles. Era más bajo de lo que lo había imaginado. Fornido. Pero la cabeza parecía pertenecer a otro cuerpo, a otro cuello. En la boca de él se dibujó su nombre: Ileana. Entonces ella sonrió aliviada y él caminó hacia ella. No hubo flores ni abrazo, pero en cuanto la vio asestó:

Aquí están los pómulos que quiero lamer.

Redimida, Ileana apuntó a su boca y besó los labios de la pantalla y comprobó la importancia de la temperatura.

Me escapé, Roberto.

Te escapaste de la pantalla. Eres la foto que me mandaste.

Yo te la mandé antes que tú.

Estabas muy segura de tu atractivo, le dijo chuleándola. Yo no sabía si te gustaría.

Echaron a andar hacia la salida. Ileana lo detuvo y lo volteó hacia ella. Era de su misma altura y tenían el mismo color de pelo.

Tu boca me convenció. Y es la misma que tienes en la cara.

|Acaso creías que te iba a mandar un retrato falso.

Sucede en Internet.

Tengo el coche en el estacionamiento. ¿No traes equipaje?

Yo estoy en una clase de yoga, se rio.

Estabas, no creo que dure cuatro horas.

¿Acaso no me vas a llevar a la clase de yoga?

Ileana andaba buscando la provocación de las palabras que era el territorio que conocía con él. Pero Roberto parecía nervioso.

¿No te va a buscar la policía? ¿Estás segura que ya cumpliste los dieciocho?

¿Te estás echando para atrás, o qué? Tú dijiste que viniera.

Que te vinieras, provocó Roberto.

Por eso, se rio Ileana que disfrutaba de la franqueza sexual descubierta con Roberto.

¿En el coche?, preguntó Ileana mientras se acomodaba en la parte delantera del Tsuru.

Cuando Roberto echó a andar el auto, aclaró: Prefiero un hotel.

¿Un hotel? ¿Por qué no tu casa? Quiero oír música mientras me acaricias. La música que me mandabas.

Un hotel permite todo. Tú no serás Ileana de visita en mi casa y yo no seré Roberto el que vive allí rodeado de objetos...

¿Pues qué objetos tienes?, lo interrumpió Ileana. ¿Arte pornográfico o muñecos de peluche?

Tengo animales disecados, se burló.

Mentiroso.

Soy cazador y no creo que te guste que te miren las cebras y los leones mientras te como. Se les puede antojar.

Ileana metió la mano de prisa para pescar el celular que timbraba dentro de su bolsa. Lo dejó sonar y observó el número.

¿Será la policía?, preguntó Roberto.

Lo bueno es que pronto se le acabara la pila, lo ignoró Ileana. Nunca he sentido tanta ligereza, dijo viendo la avenida. Mira, así como estos coches que pasan a toda prisa. Sin maletas, sin obligaciones, con Roberto y un camino por delante.

¿Camino?, preguntó Roberto. Dirás hotel.

Es lo mismo.

Roberto tomó una anforita del cancel de la puerta y se la pasó a Ileana.

Un traguito de ron siempre cae bien.

Ileana la destapó y le dio un trago. El aroma del ron iba con su idea de ligereza.

Te creí más menudita, le dijo Roberto después de observarla mientras daba un trago largo.

¿Me estás diciendo gorda?

No dije eso. Me gusta la carne más que los huesos.

Yo creí que eras más alto.

¿Te parezco un enano?

No, sólo que las caras no dicen nada del cuerpo. Lo dejan a la imaginación.

¿Te imaginabas mi sexo en ti?, inquirió Roberto apurando el ron con una mano y regresando el envase a Ileana.

Lo voy a sentir en mí, aseguró Ileana entrecerrando los ojos.

¿Pensabas en mi sexo mientras te lo metía tu marido?

Ileana lo miró molesta.

¿Por qué tienes que hablar de mi marido?

Porque tienes uno.

Pero en el chat no estaba invitado.

Pero luego cogías con él, ¿o no?

No he venido a hablar de él. Vine a deshacerme de él.

¿Cogías con él y pensabas en mí?

Roberto extendió la mano reclamando su dosis de ron.

¿Ya mero llegamos al hotel?, cortó Ileana molesta.

¿O no cogías? ¿Hace cuanto que no coges?

Ileana apuró otro trago y lanzó su mano a la entrepierna de Roberto. Lo agarró con brusquedad y se sorprendió de toparse con la rigidez de su sexo.

¿Qué te importa? Ahora tú me vas a coger.

¿Se venía luego luego verdad? No te daba ni para el arranque.

¿Y tú?, le dice Ileana furiosa y frotándolo. ¿Tú te vas a venir en el coche o vas a llegar al hotel?

Roberto bajó con fuerza la cabeza de Ileana.

Sácalo, le ordenó.

¿Aquí?, dijo mirando hacia las ventanas.

No que muy caliente.

Ileana bajó el zipper del pantalón, buscó el miembro de Roberto y tibio y grueso lo cubrió con sus labios, con su lengua, con su paladar.

La voz de Roberto llegó a Ileana entre el ruido de su lengua sobre el pene turgente:

¿Tiene cuarto?

Ileana intentó separarse y levantar la cabeza, se sintió mirada, pero Roberto apretó su cabellera y la empujó sofocándola. Ileana sintió que el coche echaba a andar y se detenía.

Roberto la separó y buscó sus labios; la besó.

Se acomodó el pantalón y dio la vuelta para abrir la portezuela de Ileana. La tomó de la mano y la jaló al interior del cuarto. La tumbó sobre la cama y le dijo que era hermosa, que era un privilegio tenerla allí.

Ileana miró azorada el espacio que la rodeaba. Un cuarto pequeño, la televisión en una esquina cerca del techo. Las cortinas violeta espeso como la colcha. Un rollo de papel de baño sobre la cómoda repetido en el espejo. Un olor a humedad y tabaco.

Un hotel de paso, le aclaró Roberto.

Nunca he estado en uno.

¿Nunca? ¿Te casaste virgen con tu primer novio?

Ileana buscó otra vez el celular que sonaba dentro de su bolsa. Pero Roberto contestó el suyo.

Más tarde, dijo. No lo sé.

No puede uno escaparse un día, le aclaró a Ileana que lo miraba extrañada.

Yo sí pude. ¿No tendrás otra cita, ¿verdad?

Tengo una cita con una chica, le dijo colocándose a su lado y abrazándola. Verás, le escribo todos los días y no puedo dejar de hacerlo. Me excitan sus palabras. La imagino en mi cama desnuda.

Ileana lo miró sonriendo.

Espero que ella esté en este momento conectada.

Roberto se dio la vuelta y se sentó sobre la cama recargando su espalda en la de ella y fingiendo teclear en el tablero le dijo en voz alta:

¿Gacela?

¿Toro?, respondió ella aceptando el juego con los apodos del chat.

Mírate en el espejo, Gacela, ve tus pómulos que hermosos son.

Tú los hermoseas.

¿Nadie lo ha hecho antes?

Nadie. Quiero que los toques con tu lengua.

Los toco con mi lengua. Lame tus dedos y pásalos por los pómulos.

Ileana hizo lo que Roberto decía mientras se miraba en el espejo.

Ahora quiero que te quites la playera. ¿Cómo es tu escote y tu talle?

Ileana se quitó la blusa y la aventó a la cómoda.

Como una escultura de piedra. Fuerte. Mis pechos se juntan y forman una línea, contestó Ileana con los ojos fijos en su talle y su brassier oscuro.

Pasa tu mano por el escote y ahora hinca tu dedo entre tus pechos.

Lo estoy haciendo, afirmó Ileana.

Ahora busca tu pezón derecho y tócalo con el dedo ensalivado. ¿Te gusta?

Me encanta, contestó Ileana observando su pezón hinchado por fuera del brassier.

Quítate el brassier.

Ileana se lo desabrochó como si no le estorbara la espalda de Roberto.

¿Cómo son tus pezones?

Morados, grandes.

¿Y están parados?

Son astillas.

Como mi pene. Mi pene es una astilla que quiere darse de espadazos con tus pezones.

Ileana se frotó los pechos con fruición, estrujó los pezones, los lastimó y empezó a respirar agitadamente.

Sin que Roberto le diera una instrucción más se desabrochó el pantalón y metió la mano bajo su pantaleta. Hundió el dedo entre su sexo viscoso. El espejo le devolvió la imagen de su rostro difuminado, perdido en su clítoris punzante.

Roberto, hazme el amor.

Roberto la miró en el espejo mientras ella se tocaba; se desvistió sin que Ileana despegara la vista del cristal. Entonces la tumbó sobre la cama y entró en ella violento, excitado. La apachurró, la tocó, la volteó y sustituyó las palabras por arremetidas y chupadas, por estertores y palpitaciones, por gemidos y por el estallido final.

Ileana se quedó desguanzada sobre la colcha violeta. Desperazada. Incrédula de placer. Sonó su celular, pero Ileana lo ignoró. Sonó el celular de Roberto y él lo alcanzó torpemente.

Más tarde, ya te dije. Sí, la junta.

Ileana salió de su letargo y se pegó al cuerpo de Roberto, acurrucándose.

¿Más tarde? Me vas a volver a hacer el amor más tarde.

Sí, le acarició el pelo Roberto. Tu cabellera azabache. Así te va a buscar la policía. Mujer desaparecida. Tiene el pelo azabache, los pómulos prominentes y las caderas y los pechos generosos.

¿Me vas a volver a hacer el amor?

Más tarde, contestó Roberto. Cuando vuelva.

¿Vuelvas?

Voy a casa y vuelvo en la mañana.

Vámonos los dos. Ya podré ver tus animales sin que me coman, contestó Ileana con la voz polvosa y la cara hundida entre la almohada y el hombro de Roberto.

No se puede Ileana, yo también estoy casado.

Ileana abrió los ojos.

¿Casado? Nunca lo dijiste.

No lo creí necesario.

Pero yo te lo dije desde el principio.

No creí que nos veríamos. Me estorbaba hablar de mi esposa. Además, no puedo hablar mal de ella. Es una buena persona.

Ileana se volteó bruscamente dando la espalda a Roberto. Este se incorporó y le tomó del rostro.

Era un juego.

Un juego que excluye buenas personas.

Roberto intentó besar su rostro.

Jugábamos a la verdad, insistió Ileana.

A la verdad de desearnos, le contestó Roberto recorriendo sus senos.

Me escapé, Roberto.

Te escapabas en la pantalla todos los días, igual que yo.

Me dijiste que viniera.

Era más difícil que nos viéramos en tu ciudad.

Me engañaste. Y yo me escapé.

No te dije que te escaparas.

¿Y cómo crees que puede venir sin escaparme?, Ileana alejó la mano que con dulzura recorría su talle.

Pensé que inventarías algo, pero no definitivo.

Roberto miró el reloj, se puso de pie y comenzó a vestirse.

Vengo más tarde.

Me dejas en un hotel de paso.

Vengo más tarde, nos disfrutamos y te llevo a la terminal de nuevo. Dices cualquier cosa en tu casa.

Roberto intentó buscar sus labios para besarla sin fortuna.

Traeré algo para desayunar, dijo antes de salir del cuarto.

Ileana no contestó más. Enano, musitó. Se cubrió el torso desnudo con la colcha violeta y se quedó mirando la desnudez de los muros. Escuchó el auto de Roberto arrancar, luego los cuerpos jadeantes en el cuarto de junto, alguien jalando un excusado. Saco la cajetilla de su bolsa y no encontró el encendedor. Descubrió los cerillos en el cuarto. La caja era color violeta como las cortinas. Leyó el nombre del hotel: Villa Delicias. Se miró en el espejo despeinada y sola, fumando en aquel cuarto que desconocía. Su celular sonó, reconoció el número en el visor y lo arrojó al bolso. Entonces recordó que la batería estaba por terminarse y lo buscó ansiosa. Marcó.

Joaquín, me secuestraron. Luego te explico. Estoy en la ciudad de México. Anota: Villa Delicias. Presa Atoyac 29. Ven cuanto antes.

Ileana checó la hora en su reloj. Eran las tres de la mañana. Sonrió dispuesta a esperar el desayuno. ⌗

Los jueves

NO DEBÍ HACERLO. NO PUDE EVITARLO, ME BASTABA verlos entrar con ese paso excitado y cauteloso: ella con el cuerpo garboso y las piernas largas y bien formadas, él, esbelto, con la mirada protegida por los lentes oscuros y el brazo asido a la cintura de la mujer. Yo los espiaba por el pasillo oscuro, tras la puerta entornada de otra habitación, y sentía alivio cuando después de los pasos sigilosos verificaba que eran los mismos. Los del jueves a las cinco de la tarde, los de la habitación 39. Esa repetición semanal me reconfortaba. En el torbellino de los encuentros pasajeros que atestiguaba todas las tardes, éste hilvanar jueves tras jueves con puntadas de amor y deseo exhalaba continuidad. Quién pudiera como ellos robarle unas horas a la tarde, una tan solo, y encontrar cierta dulzura entre unos brazos. Quién pudiera olvidarse del Chino, de Nachito y la Lola, de los frijoles hirvientes y, con las piernas enfundadas en medias suaves, dejarse recorrer las pantorrillas y los muslos con el interés de quien mide y palpa las formas; quién pudiera ser objeto de deseo respondido y consumado.

Antes ni pensaba esto, ni siquiera me veía las piernas, sólo servían para llevar mi andar por todos sitios. Ni con las inacabables parejitas que deambulaban por estos pasillos, sofocando sus gemidos tras las puertas cerradas, había hecho yo conciencia de mi abandono. Ahora sabía que tener marido no era ningún consuelo. Y si no, ¿por qué iban a volver los del 39 con ese gesto de inevitable engarzamiento?, ¿por qué iban a venir aquí una vez a la semana si tuvieran otra posibilidad, por qué los lentes, por qué la hora, por qué la prisa?

A las siete se abría la puerta del 39, él atisbaba el pasillo e indicaba a la mujer que no había peligro. Volvía de nuevo a mirarlos. Ahora por las espaldas, con las manos apretadas deteniendo la despedida, prolongando el encuentro. Yo también lo prolongaba, me atrevía a acercarme a la escalera para ver sus cabezas desaparecer por el pasillo que daba a la calle. de prisa entraba a su habitación, no quería que me la ganara Teresa que a esa hora rondaba el mismo piso. Cerraba la puerta y miraba el desarreglo, el mismo que en otros cuartos me producía hastío y a veces repulsión. Entonces me tiraba boca abajo sobre la cama y aspiraba los aromas atrapados entre las sábanas gastadas, extraía el perfume de olor a hierba de ella y la loción leñosa de él, olfateaba los sudores que humedecían esos paños relavados y rastreaba las gotas de semen escapadas de la vagina repleta y saciada de la mujer. Con la sábana descompuesta, mi corazón se violentaba y una ola de sangre me ponía en éxtasis. Entre las evidencias, asistía al ritual del amor.

Después de un rato salía de nuevo a la penumbra del pasillo y depositaba en el cesto rebosante de blancos el atado de sábanas con más delicadeza que la usual. Agradecía profundamente esas visitas semanales, me resistía a cualquier cambio de horario, de piso. Esos meses se habían convertido en una sucesión gozosa de jueves. Así que me atreví. Se nos insistió al entrar a ese trabajo que debíamos ser discretas y nunca tener contacto con los clientes, evitar ser vistas, no hablar con ellos. Pero yo quería manifestar mi contento por su presencia, como en una boda cuando se abraza de corazón a los desposados. Entonces se me ocurrió lo de la flor. Las muchachas choteaban que si me la había dado un galán o que si a poco el Nacho era tan romántico.

Era una rosa color coral a punto de abrir. A las cuatro y media el cuarto se desocupó, entré presurosa a hacer el aseo y pensé en no salirme hasta unos minutos antes de la hora, No quería arriesgar la posibilidad de una ocupación ajena a la pareja, a pesar de que Tomás ya tenía la consigna en recepción de tenerla libre los jueves a las cinco. Llené un vaso con agua y con la rosa, lo coloqué sobre la cómoda desportillada. La rosa se reflejó en el espejo, las paredes desnudas y la colcha con huellas de cigarro se iluminaron con el rubor de la flor. El 39 parecía un cuarto de otro lugar. Aspiré el aroma de la flor que esta vez celebraría la fiesta con los humores y secreciones de los cuerpos de los amantes. Salí al minuto para las cinco, excitada, nerviosa por aquella irrupción que tambaleaba el anonimato de la pareja. Me encomendé a dios, quien, después de todo, los había puesto en mi camino. Durante las dos horas de amorío mi corazón no estuvo sosegado. Tendí camas, puse papeles de baño, toallas limpias, barrí, caminé. Y todo el tiempo la imagen de la rosa fresca y colorida presenciando sus cuerpos desnudos y la entrega desbordante me persiguió como si yo misma tuviera los pies metidos en aquel vaso de agua.

Escuché el ruido de la puerta y me asomé desde otra habitación. Noté que la mirada de él escrutinaba el pasillo con mayor insistencia. Respiré y contuve la tentación de correr a presentarme y confesar que yo era la de la rosa y esperaba no haberlos molestado. Apreté los puños y no me atreví a observar cómo se perdían al final de la escalera. Entré en la habitación. El mismo desarreglo tributario. Bajo el vaso de agua, sin flor, estaba un billete. Era una forma de respuesta. Lo tomé después de regodearme entre los aromas familiares y el rito al que añadí mi rosa. Salí gustosa con el itacate fuertemente pegado al pecho para abandonarlo con dolor en el montón de sábanas manchadas.

El jueves siguiente dieron las cinco treinta y los del 39 no aparecieron. Esperanzada supuse algún contratiempo pasajero, pero el siguiente jueves me confirmó la ruptura del hábito. Aún así me aferré a la posibilidad de un cambio de horario, después de locación, tal vez ella tuviera un marido que la hubiese descubierto, o él una mujer que se interpusiera. Tal vez se enfermó alguno, tal vez se murieron, tal vez.

Desde entonces las sábanas gastadas me parecen una tortura y penitencia y el olor a rosas me enferma. 🖬

¿A qué volver?

CUANDO UNA MUJER SE VA, NO HAY QUE DEJARLA volver a casa. Pero cómo iba yo a ignorarla, si toda la noche se estuvo fuera. Tocó y pregunté quién. Vete, le dije. No habló más. Escuché la lana del abrigo frotar la madera mientras escurría para caer sentada en el escalón. La imaginé abrazada al bolso con el que partió. Ese bolsón de fin de semana, el que usábamos cuando —muy de vez en cuando— se nos ocurría dejar la ciudad. Eché los huevos en el sartén y el chirriar del aceite veló el sonido del clínex con el que seguramente se sonaría las narices. Era noviembre, a esta altura siempre hace frío por las noches y ella moquea con el frío. Saco los huevos y los coloco con una rebanada de jamón en el plato. Es la última, desde que se fue compro muy poco. Nunca había hecho yo las compras antes, al principio pedía medio kilo, pero cuando tuve que tirar casi todo el embutido lijoso y verde después de una semana, me di cuenta de que 100 gramos bastaban. Comenzaba a disfrutar ir al supermercado. Era un espacio limpio e iluminado. En la casa yo sólo encendía el cuarto de la televisión y la habitación. Ya nunca el farolito de la entrada donde ahora Marta se acurrucaba en la penumbra.

Arremetí contra las yemas con un pedazo de bolillo. Hundí los ojos en ese magma amarillo que resbalaba por la clara coagulada. Me irritaba escuchar su respiración. Nunca debimos comprar esta casa con materiales baratos. Todo se escucha. Cuando nos mudamos, oíamos a los vecinos jalar el excusado, y con el último hijo soltero en casa jugábamos a adivinar quien había sido. Marta se reía. Entonces, con Julián en casa, se reía mucho. Él la consentía, ella igual. Niñas, hubiera sido mejor una niña que me mimara. Siempre sospeché que el cabrón con el que se había ido era como Julián, risueño y cariñoso. Pero a mí la lisonja y el abrazo permanente no se me dan. Me basta una mirada que cale hondo, cómo cuando le dije adiós a Marta mientras cogía su abrigo pardo.

—¿No me retienes? —preguntó dolida.

—Tú te quieres ir. No hay nada que hacer.

—¿Acaso piensas que es el paraíso aquí a tu lado?

—Es solamente aquí a mi lado.

¿Por qué estaba allí ahora tras la puerta? Tres meses de lejanía no eran suficientes para suturar el alma, el dolor seguía escurriendo a borbotones como las yemas que devoraba a toda prisa para acallar con mis mandíbulas la certeza de su regreso.

Si es una perra que duerma como una perra, pensé apurando la cerveza que tomaba como somnífero todas las noches. Cuesta no caer en el melodrama y aceptar lo difícil que es dormir sin el cuerpo de Marta a mi lado, sin su olor a cremas y a mujer marchita. Sentí el deseo cínico de desearle buenas noches mientras arrastraba mis pies con pantuflas hacia la planta alta.

¿No se fue enamorada? ¿No tuvo la honestidad de herirme con la verdad? *Necesitas macho a tu lado, ¿verdad?, ni siquiera te vales sola.* Yo tampoco me valía solo. Esa era mi rabia. La odiaba por tenerla lejos, la odiaba por estar allí humillada tras la puerta y la odiaba por querer volver a mi lado. Me había decepcionado. No, no cuando se fue. En mi dolor, admiraba su posibilidad de cambio, de sálvese quien pueda. Tal vez la vida podía ser más cordial. Pero había de nuevo elegido este muerte compartida. Porque la costumbre cobija y aniquila y los sobreentendidos llenan los silencios. Uno se vuelve un abonado, con un destino impuesto, como cuando no se podía elegir.

La cama es fría, helada, así siempre son las camas cuando las violentamos. Pero está arrugada, llena de migas, sin la cortesía que Marta hacía a las sábanas que esperaban la placidez de nuestro sueño. Era un territorio enemigo. La vida se me ha vuelto un territorio enemigo. Al principio sentí la rabia suficiente para intentar localizarla y batirme a golpes con el rival. Pero ella se había ido, los golpes no eran para el hombre que le ofrecía otra estación temporal. A lo mejor eso era el amor, andenes en un largo trayecto. Hay quienes no salen de la estación nunca. Siempre les falta algo en la maleta. Marta había olvidado maleta, salió tan triste. No airosa, desecha. No podía enojarse conmigo, nunca pudo, ni cuando yo me quedaba callado y ella platicaba de su círculo de lectores o de su clase de jazz.

¿A qué volver? ¿Hizo un balance? ¿No resultó tan galán el galán? ¿Tiene mal aliento, mal humor al despertar? Ha vuelto a envejecer conmigo. A debatir el silencio de los sesenta años, el epílogo de 35 años de matrimonio. La odio. Que se muera de frío, que se suene toda la noche, que los mocos se le hagan estalactitas en la nariz enrojecida.

Otra vez huevos fritos para el desayuno, las noticias en la televisión. Creo que se fue, tal vez se murió de frío. Tal vez nos morimos de frío. Marta siempre gritaba: el suéter Víctor, no olvides salir con suéter. Yo no era un niño. Me lo ponía a regañadientes. Las esposas se vuelven madres, los esposos hijos. Julián y yo nunca nos llevamos bien. Un día me dijo que se llevaba a su madre a cenar. *A ti no te gusta salir de noche, pá.*

Volvieron riendo, oliendo a vino. No les hablé al día siguiente. *Tienen mal aliento*, les dije. Seguramente Marta allí detrás de la puerta tendría ese aliento trasnochado, la lava amarilla volvía a esparcirse sobre el blanco del huevo y yo la atrapaba con vehemencia con el pan endurecido. Entonces la oí moverse. Oyó el cepillar de mis pantuflas y se atrevió a llamarme. Víctor, por favor.

Hay perras que viven dentro de casa pensé y abrí la puerta donde estaba recargada. Perdió balance y cayó sobre el piso. Sin mirarla regresé a la mesa. *Gracias, Víctor*, dijo mientras se acomodaba el pelo y de pie, sin soltar su bolsa y abrazando su abrigo, se sacudía el frío de la noche. *No sé estar sin ti.*

Al principio sus pasos fueron titubeantes, pidió permiso para prepararse un desayuno, para ducharse, para mirar la televisión conmigo, para llamarle a Julián. Y las ojeras, y el miedo y la docilidad se fueron borrando hasta volverla la señora de su casa como siempre había sido. Sólo que yo de cuando en cuando le miraba los brazos flácidos que asomaban por su blusa de flores y los imaginaba enredados en otro cuerpo y entonces la odiaba. La oía reír con algo de la televisión y su alegría me recordaba la cama arrugada durante tres meses y su risa en otro lado. Cómo se habrá reído. De lo nuestro nunca hablamos. El silencio como de costumbre y la costumbre, en silencio, acabaron por colocar las piezas en su sitio.

Nos mirábamos poco a la cara, y no habíamos hecho el amor más. Marta no se atrevía a romper mi castigo y yo no quería alborotar los rencores. Una mañana de desayuno, con la mirada fija en la yema soleada sobre mi plato, Marta extendió una mano cariñosa y tocó mi antebrazo. *Necesito tus caricias, Víctor.* Bastó esa palabra para que empuñara el tenedor y clavara esa mano que me había rozado contra la mesa.

Ahora el silencio es total, ella se acaricia la mano dañada cuando desayunamos, cuando miramos la televisión, cuando dormimos, cuando mira ausente la puerta que un día le abrí. 🜨

Ladies Bar

A Jorge

SI SUS PADRES LA VIERAN SE ALARMARÍAN.
Es una muchacha, como diríamos para no usar la palabra decente, correcta. Acostumbrada a ir a sitios atildados, donde se reúne cierto tipo de gente. Tiene gusto por delicadezas como que los hombres se pongan de pie cuando ella se acerca a la mesa, o que alguien se fije en su reloj discreto y de buen gusto, que quien la acompañe ordene del menú lo que es bueno para los dos y le pregunte si está de acuerdo. No es chica que conozca hoteles de paso ni cantinas baratas, al menos eso creen sus padres. Ella misma disimula haber ido a alguno de esos hoteles garaje con cortina que oculta el coche y que despiden un acre olor a desinfectante, haciendo igual de instintivo y secreto el sexo de unos y otros.

Hoy ha entrado con Eduardo al bar Florida que está en una esquina del centro de la ciudad. Han ido a un museo, a caminar por ciertas calles despejadas recientemente que revelan una ciudad de acequias y mercadeo con fachadas nunca vistas. Han entrado al antiguo convento de La Merced y se han extasiado con sus columnas labradas y su patio íntimo y señorial. No es que el lugar estuviera abierto al público, pero el vigilante, sensible al deseo de los paseantes, les ha permitido la entrada por una contribución voluntaria y espontánea.

Nada tonto, porque después de aquel encaje de piedra, de aquella reclusión inesperada a unos metros de la calle de Roldán con sus montones de chiles secos violetas, pardos y amarillos, no dudan en sacar un billete y agradecer el privilegio, la deferencia. De estar abierto al público no tendrían el placer de ser los únicos andando por el convento donde, Eduardo lo leyó en algún lado, el Dr. Atl vivió un tiempo. Seguramente en el mismo estado de abandono.

El puro paseo los ha excitado, como si hubieran puesto un pie en la ciudad prohibida. La ciudad prohibida de su ciudad, como descubrir un placer secreto en el cuerpo con el que se ha vivido tanto tiempo. Por eso cuando Eduardo le contó, al pasar frente al Florida, que de joven miraba aquel bar cuya entrada no revelaba nada de lo que ocurría adentro, ella se interesó. Entonces tenía un letrero que lo inquietaba: Ladies Bar. Desde la acera opuesta, él prosiguió, imaginaba mujeres de cuerpos sinuosos, cinturas breves, escotes pronunciados, uñas pintadas, labios reventando, mujeres de ojos lánguidos, opiadas de placer, abundantes en las formas y el bamboleo de sus cuerpos. Mayra lo escuchaba fascinada. Veía a un Eduardo que no conocía. Eduardo no podía entrar a los dieciséis años y tampoco tenía con quien compartir aquel fantaseo. Cuando iba por su madre que trabajaba allí cerca, se daba tiempo para mirar desde afuera. Un hombre de traje salía recomponiéndose la corbata, otro trastabillando por el licor bebido, pero nunca una mujer prendida del brazo de alguno. Mujeres que en la imaginación de Eduardo parecían Catherine Deneuve en Bella de día. Elegantes, pero insinuosas. O despampanantes pero recatadas. Ah, se saboreaba Eduardo, como si el muchacho de dieciséis años no le quedara tan atrás. Y Mayra lo miraba, entrometiéndose con el deseo que lo ocupara entonces. Quería acompañarlo al centro de sus fantasías, a la provocación de un anuncio como Ladies Bar. Lo imaginaba rozando su sexo hambriento por las noches, dedicando sus orgasmos a mujeres imposibles. La estampa de un hombre deseante la exaltaba.

Vamos, le dijo jalándolo hacia el Florida. Nada te lo impide ya. Eduardo miró calle abajo y calle arriba, la tarde pardeaba y era verdad, más allá de la sensación de que no era un lugar para Mayra, no había quién se lo impidiera. Pero tú... intentó defenderse. Yo quiero ver a esas mujeres, insistió Mayra cuando ya cruzaban el arremetimiento del muro que daba a un cuarto pequeño, una barra insípida al fondo y una Rockola frente a una pista menuda. La sensación de Mayra al principio fue de desilusión, se sintió estar en un pueblo, aquel era un bar sin sofisticación alguna donde no podía haber peligro. Ni siquiera parecía tener ese halo misterioso con el que soñara Eduardo. Se sentaron en la primera mesa que les salió al paso, muy cerca de la pista y de la calle. También de la Rockola.

Entonces las descubrieron.

No llevaban el pelo sostenido en un chongo elevado, ni aretes largos, ni ojos delineados y labios nacarados. Tampoco eran acinturadas y caderonas. Llevaban faldas muy breves y pegadas que acentuaban sus piernas fuertes, invitadoras, unos fustes rozagantes que prometían un paraíso húmedo arriba del dobladillo. Mayra las miró a su gusto, en un lugar así tenía permiso para mirar. Son ficheras, le explicó Eduardo. Mayra repasó las películas mexicanas donde había conocido el oficio y sintió que no se parecían tampoco a esa estampa de tugurio arrabalero. Aquí privaba lo sórdido. Un hombre en una esquina hundía la cabeza en el hombro de la chica que dejaba que la mano opuesta se meciera por sus piernas, atrevida y ceremoniosa. Mayra miraba aquellos dedos que les brindaban una función no deseada, asombrada ante el desenfado. Eduardo pidió dos vodkas al mesero. Mejor hubiera sido cerveza, como había aprendido Mayra cuando iba a antros o lugares donde el alcohol podía ser de dudosa procedencia, pero su arrobo no le permitió prudencia alguna y aceptó el vodka y bebió un trago porque necesitaba el fresco que tanta pierna revoloteando a su alrededor le robaba. Salud, dijo Eduardo. No le cuentes a tus padres. La trataba como a una niña cuando estaba a punto de cumplir treinta. Ni tú a tu hijo, se burló ella. Eduardo era mayor que ella y tenía un hijo del matrimonio anterior. Salud por tus piernuditas. Eduardo se perdió en el borde de la falda de la chaparra que bailaba muy cerca de él con el hombre que la conducía con cierto estilo; con más lucimiento personal que deseo por la mujer. Mayra vio los ojos de Eduardo lamer el contorno de esos muslos. Lo vio recorrer el talle y llegar al cuello donde una mata oscura caía y oscurecía el borde del escote. No sabía si era porque estaban sentados muy cerca de la minúscula pista, pero parecían obligados a mirar aquellas faldas ajustadísimas y las piernas que brotaban de ellas como si la falda fuera un mero requisito, un leve taparrabos del sexo oscuro que sudaba mientras ellas bailaban. No son como las que imaginabas entonces, ¿verdad?, le preguntó a Eduardo. No, contestó lacónico y dio otro trago al vodka parapetándose en la transparencia húmeda y fría del vaso.

Mayra imaginó a la fichera de esas firmes piernas acomodarse en el regazo de Eduardo, imaginó el sexo de Eduardo alborotado por el roce de esos muslos y ese borde tan invitador. ¿Cómo se vería ella en una falda así de ceñida y corta? La pura sensación de la prenda ajustada la exaltó. Sin duda conseguiría las miradas de los hombres. Sin duda la mano de Eduardo hurgaría entre las piernas de Mayra. Y habría hombres con el sexo abultado sólo por ella y su falda. ¿A que te gustaría que se sentara en tus piernas? lo provocó Mayra. Sabía que Eduardo no haría nada atrevido porque ella, muchacha correcta, estaba bajo su tutela y que, entreteniéndose con otra, ella peligraba, nada más lejano a lo que Eduardo podía permitir. La chica de la pista percibió la insistencia de las miradas de la pareja porque se acercó con el bailarín que la conducía como trompo chillador y les meneó el cuerpo casi al ras de la mesa para que Eduardo viera sus piernas morenas y paladeables y Mayra viera la lengua de Eduardo mojando sus labios por no poder arrastrarla en piel ajena. Mayra quiso ser la de la falda. Alguien debió haberlo notado, que no fue el hombre que le recorría las piernas a la fichera regordeta sentada en la mesa de la esquina, ni el que bailaba con las dos seño-

ras entradas en años que diluían su soledad en el baile que tan
bien les salía. Fue el mesero, aquel chistosito que ya había pasado y preguntado si no bailaba la pareja, y que ahora venía
diciendo que si el señor no se molestaba y le permitía bailar
con ella una pieza. Un mesero bailarín que nada más poner
un pie Mayra en la pista abusó de su condición de servidor
del bar, que lleva copas y cobra propinas, inofensiva compar-
sa que sólo atiza la lumbre, para hacerla girar y quebrarse, tomarla de la cintura y agitarla con una confianza obscena que
al principio molestó a Mayra pero que luego olvidó, porque los
ojos de Eduardo sonrieron ante su mirada que buscaba apro-
bación. La rodearon las ficheras con sus piernotas y sus faldas, la más buena más cerca y más enfática diciendo así se
hace y Mayra elevando los brazos y contoneándose como si
el ritmo salvaje se le hubiera metido por los poros. Mayra ce-
rrando los ojos y abriéndolos entre hurras y movimientos de
esas mujeres atizadas, cómplices del desenfreno en aquella
sordidez robada al paso de transeúntes, tan ajenos al otro lado
de la puerta como Eduardo a sus dieciséis años y entonces
Mayra entró en las fantasías de Eduardo. Azuzada por los hombres y las mujeres que la acorralaban, por ellas que la tomaban
de la cintura y la soltaban, por ellos que le jalaban un brazo y
la hacían girar el torso, por esos cuerpos inflamados de gozo
y desparpajo se volvió esas mujeres con las que los dieciséis
años de Eduardo se extasiaban por las noches, esas mujeres
de pantaletas de encaje, de perfumes oscuros, de coquete-
rías expertas, de labios reventones y púrpura. Mayra era las

mujeres que Eduardo sólo podía desear desde la acera de Revillagigedo mientras esperaba a que su madre saliera del trabajo. Y a Mayra le gustó esa altura de mujer inalcanzable, esa
bajeza del estilo que le prodigaban estos hombres y mujeres
que abandonaban rigores. Miró a la mujer que les había bai-
lado en la mesa acercarse con un paso embestidor y compren-
dió que la deseaba como Eduardo. Y que sentirse el centro de
esos ánimos inflamados, la volvían hombre y mujer. Deseada
y deseosa. Quería tocar bajo esa falda, encontrar la humedad
viscosa de esa mujer que se ofrecía a ella, a Eduardo, al que
bailaba con ella, al que ponía a José José en la Rockola para
acabar con el fuego, para traer un gavilán o paloma y frenar
el vuelo que Mayra había alcanzado.

Y cuando tomaba el aire que le había sido robado y acomodaba el vestido que, torcido, mostraba más de su escote de lo
que hubiera querido, y buscaba a Eduardo en la mesa, cons-
ciente de que lo había olvidado, un hombre se acercó para
pedirle la pieza, tomarla del talle y repegarla a su cuerpo donde su sexo punzaba por consuelo. La muchacha correcta intentó escabullirse buscando la protección de Eduardo en la
mesa vacía, en el corro que la olvidaba y en la mano que la
tomaba y se la llevaba a un sitio oscuro diciendo no hay
problema, reina, aquí nos venimos a olvidar del mundo. ⊞

La señora Lara

A LA SEÑORA LARA YA NO LE GUSTABA LA VISTA desde su cuarto. Las ramas del árbol del jardín vecino habían crecido tan profusamente que obstruían la luz del día y oscurecían la sala. A ella le gustaba sentarse allí por las tardes. Aunque vivía sola desde hacía tres años, se arreglaba: se recogía el pelo en un chongo que le despejaba el cuello y se maquillaba un poco, lo suficiente para sentirse bien. Había sido una mujer atractiva, con un buen matrimonio hasta que Jaime enloqueció y la dejó por una mujer joven, casi de la edad de su hija. Ella permaneció en la casa de dos pisos que tenía una terraza desde la cual se disfrutaban los jardines ajenos. La sala y su recámara estaban en la parte trasera de la casa que daba hacia el jardín de los Aguirre.

Si algo alteraba a la señora Lara era la opacidad de la tarde cuando se sentaba a tomar el café y pan tostado con un libro entre las manos. Al principio no le resultaba muy claro qué era lo que entintaba su ánimo. Tenía que ver con el crecimiento progresivo de la rama. La primavera lo hizo obvio: la rama del castaño cuajada de tiernas hojas verdes ocupaba el espacio. Prácticamente dividía la ventana en dos y la luz entraba apenas entre las hojas lobuladas. No es que no me gusten los árboles, se disculpaba consigo mismo la señora Lara.

Cuando identificó la causa de la oscuridad de la sala y la compartió con Celia, la señora a cargo del aseo desde hacía varios años. Estuvo inquieta las tardes siguientes. Sólo había una solución: hablar con los Aguirre. ¿Hablar? ¿Le abrirían la puerta y la dejarían entrar a su casa? El señor Aguirre era un político y siempre había un coche oscuro con hombres en trajes oscuros al frente de la casa a la vuelta de la esquina. No tenía ganas de tocar el timbre y recibir continuas negativas. Ella no estaba suplicando sino pidiendo amablemente que compartieran su inquietud. Para ello necesitaba que vieran la vista desde su casa, que comprendieran cómo es que una hermosa rama sobrecargada de hojas le estorbaba. Les escribiría una carta pidiéndoles que cortaran la rama y que vinieran a su casa a sentarse en la sala —les ofrecería café— para que entendieran lo que ella quería decir. Ellos que poseían un árbol tan alto y frondoso, un pedazo de verde en su casa, no debían pensar que la mutilación le daba placer. Pero la luz era su placer, su calor. Había vivido algunos años en el sur de España y amaba la blancura. En Andalucía, en aquel tiempo, había sido muy feliz. Recién casada, bebiendo vino con Jaime por las tardes después de su trabajo como gerente de un hotel. Ella pintaba en la terraza pequeña que daba hacia las callejuelas y otros balcones y había disfrutado la blancura de las casas, la blancura en los zapatos de las mujeres, en las sonrisas, en las sábanas donde permanecían acurrucados, abrazados y acariciándose las mañanas del fin de semana. No iba a hablar de la blancura en su carta, ni de cómo había gozado la cercanía del cuerpo de Jaime en ese tiempo y a su propio cuerpo firme y deseante. No le gustaba la melancolía, le bajaba la guardia y estaba cansada de la tristeza. Sólo se puede resistir cierta cantidad, luego se acepta la realidad y se ordeña lo bueno de ella. Siempre hay algo bueno. Hasta en la ordeña, la blancura se imponía.

Se dirigió al secreter que Jaime y ella habían comprado en una tienda de antigüedades y sacó una hoja de papel. Por fortuna conservaba alguna pues escribir cartas ya no formaba parte de sus hábitos. Si quería decir algo a su hijo o su hija, les llamaba. Su nieta estudiaba fuera del país y sólo una vez le había escrito una carta. No estaba muy segura de qué escribirle a una adolescente para no aburrirla. Cuando la chica no contestó estuvo segura de que efectivamente la había aburrido con su falta de novedades. Qué bueno que no le escribía a ella en este momento, le hablaría de la rama y de la poca luz que entraba a la sala donde Miranda solía gatear sobre la alfombra cuando sus padres la dejaban a su cuidado. Su hija la consoló explicando que los jóvenes ya no escribían cartas, que usaban la computadora. Por ello, su hija le leía de vez en cuando las partes de los correos electrónicos dirigidos a la abuela. Por respuesta la abuela le había llamado alguna vez. La extrañaba, era una chica alegre. Tenía luz en la voz. Como ella la había tenido cuando joven, cuando Jaime se enamoró de ella al mismo tiempo que David y los dos mandaban flores y la visitaban y la halagaban con sus comentarios. Un día los dos jóvenes se toparon en la entrada de casa y ella tuvo que decidir. Optó por Jaime que era locuaz, sorpresivo y ella apostó por ese movimiento. La pasión tiene un precio y siempre es impredecible. Jaime no se podía estar quieto, ni quedarse en un sitio mucho tiempo. Y lo había hecho, permaneció a su lado treinta y cinco años. A veces, a cierta edad, el cambio requiere de la sangre y el vigor ajeno para evitar aferrarse a los muebles, domicilios, hijos, nietos, a la certeza de la muerte y a la misma vista por la ventana.

La señora Lara escribió: Queridos señora y señor Aguirre, soy su vecina, estoy al otro lado de la pared de su jardín, y precisamente es el árbol junto a esa barda en el jardín el motivo de mi carta. Una de sus ramas ha crecido tanto que ha obstruido la luz que entra a mi sala. Quizás sientan mi queja exagerada, pero agradecería mucho que aceptaran mi invitación a tomar café cualquier tarde en la sala de mi casa para que comprendan mi inquietud. No es un capricho de mi parte, pero últimamente esta habitación en la que paso las tardes me da la sensación de estar en un hoyo. Estaré encantada de recibirlos y de pagar los costos de jardinería que implique el corte de la rama. Anoto mi número de teléfono, pero siéntanse en la libertad de llamar a mi puerta. Normalmente estoy aquí. Agradezco el favor de su atención: la señora Lara.

Leyó el borrador varias veces, agregando y quitando palabras, intimidada con la idea de que su petición los hiciera pensar que ella era una mujer sola y obsesiva. Las conocía. Siempre había las que se quejaban de las fiestas, de las ventanas abiertas, de los perros que ladran. Las que odiaban a los jóvenes, a la gente que reía, todo lo que estaba suelto y hacía ruido en la vida. Había tenido que aguantar alguna con sus propios hijos, con su propia madre cuando el vecino se quejó del tiempo que permaneció besándose con su novio en la puerta de casa una noche. No era Jaime entonces, sino el primer novio que la besó y rozó sus pechos sobre la blusa, allí contra la puerta de casa en plena calle, protegidos, pensaban, por la negrura de la noche.

Cuando sintió que la carta era lo más amable, clara y convincente posible, acudió personalmente a la puerta de los Aguirre flanqueada por el coche negro. Explicó a los hombres de traje oscuro quién era ella y les entregó el sobre; escribieron su nombre en una libreta y la hicieron firmar. Se sintió tranquila, la entrega de su carta estaba documentada. Su propia desazón por el profuso crecimiento del castaño también estaba documentada en su petición.

Pasó una semana y no hubo ni un telefonazo, ni un llamado a la puerta ni una carta diciendo sí o no. Silencio. No podía permanecer con los brazos cruzados sobre su suéter de cashmere azul sofocada en aquel agujero. El café no le sabía bien, su horizonte había sido reducido de tal manera que no la confortaban los jardines de las otras casas, ese continuo de árboles de la ciudad. Así que escribió una segunda carta donde amablemente mencionaba que tal vez habrían desatendido su petición —pues ella sabía que eran personas muy ocupadas y lamentaba molestarlos— por considerarla un asunto menor. Pero no lo era, su serenidad dependía de atención a su deseo:

sólo era una rama, ella no quería que el árbol fuera derribado, sólo aquel apéndice, el intruso en su ventana. Intentó no sonar lastimera, pero quería asegurarse de que entendieran la importancia de aquella petición en su vida.

La respuesta llegó la tarde del viernes. El señor Aguirre atendió su llamado. Celia condujo al hombre vestido en traje gris hasta la sala de la señora Lara. Al entrar, disculpó a la señora Aguirre por no asistir, pero tenían una cena esa noche y la señora Lara sabía cuánto tiempo tomaba el arreglo a las señoras. La señora Lara estaba asombrada por el detalle de su vecino de haber venido hasta su casa y así lo dijo con toda formalidad. El señor Aguirre dijo que estaba apenado de que hubiera tenido que mandar una segunda carta, pero él no sabía que había habido una anterior hasta que su esposa se refirió a ella. —Lo siento —dijo, subrayando su molestia.

—Lamento molestarlo, pero por favor siéntase aquí para que entienda mi urgencia —la señora Lara se puso de pie y cedió al señor Aguirre su lugar en el sillón color crema.

—Por favor —dijo él, recorriéndose para que ella retomara su lugar—. Creo que puedo ver desde aquí.

La señora Lara tuvo que sentarse muy cerca de las piernas del hombre y eso la turbó. Desde allí le señaló la rama.

—Verá, me encanta la luz del ventanal. Aquí leo. Aquí paso muchas horas. Ahora siento que estoy dentro de un hoyo.

—Fue esa frase, señora Lara, la que me convenció de la seriedad de su petición —dijo el señor Aguirre con una sonrisa franca.

La señora Lara preguntó si quería café, pero el señor Aguirre dijo que prefería una copa de whisky, si no había problema con ella. La señora Lara dijo que de ninguna manera y se acercó a la cómoda donde estaban los vasos y las botellas. Pidió hielo a Celia y ella misma preparó las dos copas. El señor Aguirre estaba mirando por la ventana cuando ella regresó. No se atrevió a escurrirse junto a él, así que se sentó en el canapé.

—Pensé que le gustaba la vista desde aquí —insistió el señor Aguirre sin moverse. Ella volvió a sentarse a su lado. No había bebido con un hombre desde la partida de Jaime.

Dijeron salud y el señor Aguirre prometió que él personalmente se encargaría de que se cortara la rama.

—Con una condición —dijo antes de partir—, que yo venga a confirmar la mejoría.

—Por favor —dijo ella nerviosa y reparando en la elegancia del traje de su vecino ahora que se había puesto de pie—. Le gustará cómo entra la luz.

A la mañana siguiente, la señora Lara escuchó el zumbido de la sierra eléctrica; observó satisfecha como un hombre a horcajadas en una de las ramas principales cortaba la que ofuscaba su vista, la impertinente. La rama desgajada se dobló poco a poco hasta que cayó con un golpe seco. Celebró el sonido, era la trompeta de victoria que daba la bienvenida a la luz. Tuvo ganas de mandar una nota de agradecimiento, pero fue la condición que el señor Aguirre había puesto la que la hizo esperar.

Después de dos semanas la señora Lara estaba avergonzada de no haber mandado de inmediato aquella nota dando las gracias. Ahora era fuera de tiempo. Cómo había sido tan tonta de tomar al señor Aguirre en serio. Era un político después de todo, acostumbrado a complacer a otros, a recoger votos.

El viernes sonó el timbre y Celia llevó al señor Aguirre a la sala. Llevaba un suéter negro con el que se veía más relajado.

—Siento haber tardado tanto en venir a ver su ventana, pero he estado de viaje —se disculpó antes de sentarse.

—Fue muy amable en haber cortado la rama de inmediato, mire qué diferencia —señaló hacia la ventana.

Pero el señor Aguirre no miró hacia la ventana, la miró a ella.

—Puedo ver cómo ha salido del hoyo —dijo sonriendo y sentándose en el mismo sitio que la vez anterior. Dio un golpecito al sofá indicando a la señora Lara que se sentara a su lado.

—¿Whisky? —preguntó ella.

Y se sentaron frente a la ventana hasta que el sol se ocultó. La señora Lara habló de sus años en Andalucía y él de sus proyectos de remodelación de la ciudad. Se rieron juntos y tomaron un segundo whisky hasta que el señor Aguirre se despidió y preguntó si la podía visitar al día siguiente. Le había gustado la luz, dijo, y su esposa estaba fuera de la ciudad. Después de todo eran vecinos.

Sus palabras la tomaron desprevenida. Había bebido dos whiskies con ella porque su esposa no estaba en casa. La gente necesita compañía. Eso era lo único que podía descifrar, la única verdad que le importaba.

—Desde luego —dijo ella cuando lo acompañó a la puerta de salida. Desde luego, pensó cuando regresó a su sitio en el sofá y observó la oscuridad tras el ventanal. Imaginaba la entrada de la luz en la sala el siguiente día. Dio un último trago de whisky y anticipó la llegada del blanco. ⌗

El muerto ajeno

NO ES FÁCIL DESHACERSE DE UN MUERTO, mucho menos de un muerto ajeno. Tal vez si comienzo desde el principio, comprenderán que no había otro remedio y entonces lo de la carrera en el andén a media noche tendrá sentido. Íbamos en el tren a Zacatecas cuando la conocimos, cuando los conocimos para ser preciso, porque esa noche a la hora de la cena en el carro comedor éramos cuatro: mi mujer, Gonzalo, Silvia y yo. Nosotros íbamos por el aniversario de bodas de los padrinos de mi mujer y de paso a recorrer la ciudad, Gonzalo y Silvia viajaban desde Mérida y parecían estrenar noviazgo. De hecho, la conversación empezó cuando en el salón fumador, mientras mi mujer y yo bebíamos una cerveza, y con la cercanía inevitable que dan esos vagones estrechos —que si alguno tuvo la fortuna de ser viajante de nuestros carros pulman me seguirá—, miré las piernas de Silvia. Entonces las mujeres usaban medias y faldas estrechas justo a la rodilla, la informal apariencia del pantalón de mezclilla no era hábito del viaje. Gonzalo sintió mi intromisión visual pues de golpe colocó su mano sobre el pedazo de muslo entre dobladillo y rodilla para signar su propiedad. Con la intención de evitar toda ofensa —y ahora que lo pienso por tener a Silvia a la vista, quién iba a suponer lo que luego vendría— les pregunté qué que-

rían beber y ordené al camarero copas para todos. La tarde
se había vuelto noche; no sólo disfrutamos del aperitivo juntos
si no que en el comedor compartimos la mesa. Gonzalo era un
empresario yucateco visiblemente mayor que Silvia quien no
tendría más de 35 años y a quien ese pelo oscuro y recogido
le daba una elegancia despreocupada. Mi mujer estaba entre-
tenida con las anécdotas de Gonzalo que era un tipo divertido
y yo con la belleza de Silvia quien se sabía portadora de una
suave sensualidad. Nos despedimos pensando que seguramente aún tendríamos la oportunidad de compartir el café de
la mañana y nos refugiamos en nuestros compartimentos. Mi
mujer me dijo que le parecía que no eran casados, tal vez sean
recién casados agregué yo, por salvar de alguna manera la
reputación de Silvia. Ella no usa anillo, advirtió con su sagaci-
dad habitual. Ni siquiera habíamos llegado a Zacatecas cuando
tocaron a la puerta quien creímos sería el porter para anticipar
nuestro arribo. Era Silvia, con el pelo suelto, y literalmente en
bata frente a nuestra alcoba. Es Gonzalo —dijo entrecortada—
no respira. Mi mujer se puso el saco encima del camisón y
salió tras ella, yo me enfundé los pantalones y las alcancé.
Hubo que cruzar al vagón siguiente sin hablar y con prisa. Lo
único que se metía en nuestra impaciencia era el ruido metá-
lico del bamboleo del tren entre las puertas. Por suerte, Gonzalo estaba en la cama de abajo; alguna consideración de la
edad por parte de Silvia, supuse. Estaba muy pálido. Le tomé
la muñeca, como había visto hacer en las películas. Silvia lo
miró llorando. Mi mujer tocó su frente como si fuera la de un

niño. Frío, lívido y sin pulso. Llamamos al porter mientras mi mujer abrazaba a Silvia. Yo miré a Silvia contra el paisaje seco tras la ventana; se veía tan desprotegida con su bata de seda azul marino. La imaginé en el trajín de la noche anterior. No pude evitarlo, el escote, el pelo revuelto. Profanaba a un muerto pensando la causa.

Tuvimos que esperar mucho tiempo sentados en el vagón. Las afanadoras subían para hacer el aseo, ya habíamos colocado las maletas en el corredor, hasta la de Gonzalo. Silvia lloró mientras le ponía los zapatos. Ninguno nos atrevimos a cubrirlo con esas sábanas estrechas de litera de tren. Vino alguien del Registro Civil, también un doctor y allí se firmó el acta de defunción que Silvia no quería cargar. Afortunadamente todo el papeleo fue a bordo porque Silvia sostuvo que era su mujer y así no hubo que avisarle a nadie mientras cremaban a Gonzalo y ella pagaba con el dinero que le había sacado del bolsillo del pantalón. Nosotros no tuvimos corazón para dejarla sola en todos esos trámite por demás engorrosos. Mi mujer, que es buena y solidaria, le dijo que se hospedara en nuestro hotel cuando salimos del crematorio. Silvia llevaba con parsimonia la urna metálica en la que Gonzalo persistía entre nosotros. ¿Le habrá hecho mal la cena? —pregunté con torpeza. Es que después discutimos— se atrevió Silvia y comenzó a sollozar. Mi mujer consignó con la mirada mi desatino. Y si viene con nosotros al festejo por la noche —le dije para animarla. Mi mujer de nuevo reprobó mi sugerencia. Tal vez quiera volverse con los suyos a Mérida, dijo. Silvia me miró buscando protección. No, no puedo volver con los suyos ni con los míos. Nos quedó claro que nadie sabía que Gonzalo La Puente no sólo viajaba acompañado, sino que había muerto y ahora era un montón de cenizas en el regazo de su amante.

Así que Silvia fue a la cena y la presentamos como vieja amiga de mi mujer y no contamos a nadie lo sucedido, mientras mis cuñados, primos políticos y una parentela desconocida me daba codazos y me insinuaba que tenía suerte de acompañar a mujer tan guapa. Yo —aunque con razón desaprueben— en ese momento me sentía afortunado, le veía las piernas y me sonreía de que nadie pudiese poseerlas más que mi mirada. Si hubiese sabido el alcance de lo que entonces me parecía fortuna. Era una mujer simpática, mi esposa la adoptó satisfecha de ese acto caritativo que su conciencia católica aplaudía. Regresamos los tres en el tren, digo los cuatro, pues Gonzalo viajaba en el neceser de Silvia junto a sus cremas, perfumes y el spray de pelo. Imaginaba que esa noche debía ser dolorosa para quien había iniciado un trayecto en pareja y ahora volvía con un hombre vuelto recipiente de bronce. Seguramente lo pondría a dormir en la cama baja y ella se recostaría en la alta para aligerar el recuerdo del trayecto mortal. Debía estar acostumbrada a lo pasajero, a la relación de a pedazos, en fragmentos pues mi mujer esa noche me contó que desde hacía ocho años era pareja de Gonzalo quien efectivamente estaba casado. Habrá que informar a la señora La Puente— dije dudando qué era lo propio en esos casos. No es nuestro asunto— contestó mi mujer. ¿Y qué hará Silvia? — le pregunté con la certeza de que ellas dos ya lo habían hablado. Se quedará en casa unos días, mientras lo piensa, mientras resuelve qué hace con Gonzalo.

Mi mujer me sabía inofensivo pues sino habría ideado otra solución así que al llegar a Buenavista partimos a casa en taxi donde instalamos a Silvia en la habitación de Mariela, nuestra hija, que no tuvo más remedio que aceptar cuando escuchó la historia. A la semana, Silvia mudó su vestuario negro por tonos más claros y empezó a salir con mi mujer a misa, al mercado, a jugar a las cartas. Descubrimos que cantaba boleritos yucatecos y que se ponía simpática cuando bebía dos cubas. Un domingo hasta nos cocinó cochinita pibil. Yo dormía con dificultad, tenía unas ganas irresistibles de espiar su sueño, de mirar su cuerpo desparpajado sobre las sábanas. Mariela le dijo a su madre que ya llevaba dos semanas pernoctando en el sofá cama del estudio. Que cuándo se iba esa señora. Mi mujer le dijo que se sentía incapaz de echarla después de tan grande desgracia y que era una caprichosa. El caso es que para complacer a Mariela le dijimos a la sirvienta que la queríamos de entrada por salida, aunque resultara más costoso y adaptamos la habitación para Silvia. Luego nadie nos atrevimos a decirle a Silvia que se mudara, ni la propia Mariela que la veía rezarle a la urna que ahora estaba en su tocador, junto a un french poodle de peluche rosa que le dio Javier. Así que una mañana que Silvia estaba en el salón, nuestra hija entró por sus cosas más queridas para hacerse un nicho agradable en el cuarto de servicio. Al mes mi mujer empezó a perder

su espíritu caritativo. Vete a La Villa por un nicho para la dicho-
sa urna, me dijo con total irreverencia.

Toqué en la habitación de Silvia una tarde en que los dos
nos habíamos quedado solos, pues mi mujer ya no la invitaba
ni a las tiendas ni con sus amigas y mi hija evitaba estar en su
nueva habitación con vista al patio de servicio. Silvia, encontré
un nicho para Gonzalo. Me miró con los ojos acuosos y volteó
hacia el amante pulverizado. No sé si puedo vivir sin él. Sé que
estoy siendo una carga para ustedes que han sido tan ama-
bles. Me voy a ir pronto. Estoy esperando una carta de mi tía de
Campeche. Me sentí tan afligido por su destino que le insistí
que no se preocupara. Mientras le hablaba le miraba los labios temblorosos que mudaban a sonrisa en el irresistible car-
mín que siempre lucía. Pero es usted tan hermosa que hará
pronto otra vida, le dije para animarla. Entonces me dio un beso
en la mejilla, un beso de hija mala.

Le dijiste lo de la urna, me preguntó mi mujer esa noche caminando por la acera después de la cena. No había manera
de hablar a solas dentro de casa. No se quiere separar de él,
di por respuesta. Me miró incisiva. Sabía que me tocaba demo-
ler la caridad que ella había ostentado. Esa noche Mariela antes de irse a su habitación preguntó también. Le habrás dicho
lo del nicho ¿verdad?

No pude dormir, me quedé mirando el foco apagado del techo pensando que no había comprado la lámpara para ocul-
tarlo desde que nos mudamos a esa casa quince años atrás.
De pronto, animado por el ultraje, encontré la solución. Así que

entré a su habitación girando el picaporte con toda mesura y la contemplé con el pelo oscuro revuelto y el mismo camisón que asomaba por el escote de la bata azul marino con que nos informó de su infortunio hacía dos meses. Las rodillas estaban al descubierto y sus pies que parecían tersos me incitaban a acariciarlos, que digo a acariciarlos, a pasar mi lengua por entre sus dedos. Se movió un poco y recordé el motivo, la misión a la que me orillaba mi papel de padre y jefe de familia. Así que la tomé del tocador, observé mi reflejo en el espejo mientras desprendía a su amante de la intimidad de la alcoba. Perdón, susurré al muerto y después me hinqué a los pies de la cama, para mirar de cerca aquel arco y los tobillos rosados y estirar mi mano en la falsa pretensión de la caricia. Salí de prisa sin cerrar la puerta de nuevo. La ciudad estaba vacía así que no me tomó mucho tiempo llegar a la estación, correr al andén como si se me fuera a escapar un tren y dejarlo allí en la escalinata de uno de los vagones del Tapatío. Volví de prisa, pero en casa ya habían notado la ausencia de Gonzalo. Mi mujer abrazaba a Silvia que lloraba sobre su cama y Mariela colocaba al french poodle rosa sutilmente en el tocador. Me podrían haber dicho que me fuera, espetaba Silvia entre sollozos. Esas no son maneras. Ustedes que habían sido tan gentiles. No pude más y me hinqué frente a ella, frente a sus gloriosos pies y sus rodillas sin importar la presencia de mi mujer, ni su compasión de última hora. Lo tuve que llevar a la estación, tuve que desprenderme de él. Sabe Silvia me dolía Gonzalo, yo también lo quise en esos kilómetros de conocerlo. Nos dolía a todos en casa. Fue un acto de amor por no condenar a Gonzalo al oscuro espacio de un nicho. Necesitamos su alegría Silvia. Y mientras mi mujer soltaba los hombros que antes sostuviera con fervor maternal, miré los pies de Silvia con la certeza de que bien valían un muerto. ⌧

La perfecta

Solía cruzar por este parque cuando visitaba a mi madre que no vivía lejos de casa. Me arreglaba especialmente porque un jueves al mes, ella y yo salíamos a comer juntas. Lo habíamos acordado después de que nacieron mis tres hijos y ella enviudó. Había que inventarse ese espacio. Ese día ni ella era abuela o viuda ni yo esposa y madre. Éramos madre e hija, una oportunidad que la circunstancia y mis hermanos nos robaron. Eso explica que yo llevara medias y la falda ajustada, el suéter rosa con el collar de perlas y la bolsa café de ante para salir. Escogíamos un buen restaurante y el taxista que mamá contrataba conducía. Pensará que ese arreglo no es propio para cruzar un parque de esta ciudad, pero yo no soy una gente miedosa. No me gustaba perderme el gozo de caminar con mis pensamientos bajo las jacarandas y fresnos y ver los mazos de hortensias que me recordaban la casa de niña, esa en la que viví con mis padres y mis hermanos y que habían vendido cuando les fue mal con la salchichonería y nos hacinamos en un departamento de la colonia Roma. Mi madre odiaba ese departamento, ni siquiera puso macetas en el estrecho balcón. Nada como sus buganvilias de la casa de San Ángel. Mi madre se apagó un rato y le costó volver a echar su ramaje y su fronda para cobijarnos a todos. A mis hermanos y a mí también nos dolió el jardín que perdimos. Pero la calle nos dio un poco de verde y una libertad que no conocíamos. Nos fue fácil sustituir el sol de la terraza. Huíamos todas las tardes. Mi madre ya no vive en ese departamento. Si no, no me encontraría usted aquí. Los jueves era cuando comíamos juntas; ese día mi marido se encargaba de los niños. Viera qué sano resultaba. Él llevándolos al club, revisando las tareas y yo con mi madre bebiendo vino y poniéndonos alegres y un poco nostálgicas y siempre evocando los desayunos de la gran casa en el ante comedor donde pasábamos una buena parte del día. Así eran los fines de semana, pero a mamá le dio por decir que siempre era así, que todos los días se nos iba la mañana allí en bata entre café y cigarros. Le entraba una enorme nostalgia por lo que ella consideraba la mitad de nuestra vida: la sobremesa en el desayunador. Entonces encendía otro cigarro. Cómo fuma mi madre. No creí que yo cogiera el vicio. Pero ya ve. ¿Usted trae un cigarro?

El día que pasé con mi falda marrón y el suéter rosa y la bolsa haciendo juego y las medias satinadas que mi madre me chuleaba tanto, él estaba en la banca sentado. Me asusté un poco porque era un hombre muy sucio, con un saco roto lleno de hollín, con un rostro que no me atreví a mirar. Me puse muy derecha y fingí indiferencia para pasar frente a la banca como si nada. Apreté el bolso a mi cadera y arrecié el paso. Los tacones no me permitían correr, ni tampoco la certeza de que tenía que disimular el apuro. Denotar el miedo lo hace a uno más vulnerable. Sabía yo que eso pasaba con los perros, si huelen el miedo atacan. Clarito noté su vista pinchándome. Ya sabe cómo se siente eso. Una mujer lo sabe. Los ojos se vuelven lumbre y uno se siente transparente: desnuda. Y, debo confesar, halagada. Pasé por la banca sosteniendo la vista hacia la vereda bordeada por setos al frente. Pero él me llamó con una voz densa: oiga. No pude seguir de largo como si nada. Había algo de súplica e imperativo en esas cuatro letras. Lo miré sin emitir sonido, preguntando con los ojos si era a mí a quien se dirigía. Señora, dijo. Entonces me detuve. Siéntese, por favor. Me quedé inmóvil frente a la banca verde. Las manos del hombre se agarraban al borde. No sé por qué me fijé en ellas, supongo que era más fácil que mirarle el rostro. No se asuste, insistió. Entonces lo miré a la cara porque en ese fraseo había un modo de hablar educado. Tenía la cara ajada y ceniza, entre la barba desaliñada se asomaba un rostro pomuloso. Me recordó a mi primo Felipe. No sé porqué pensé en mi primo Felipe que jugaba con mis hermanos y me miraba siempre con ganas de decir algo que nunca dijo. Se había matado en un accidente. Con los muchachos así pasa, espero que no suceda con los míos. No con los míos. Pero Felipe me dijo siéntate de nuevo y lo hice en el extremo de la banca; busqué la protección del metal. Me senté muy derecha, rígida, sin recargarme en el respaldo, con las rodillas y los pies pegados. Me miré los zapatos recién boleados con las figuras entresacadas que transparentaban mi empeine.

No crea que aquí nací. Yo no he dicho nada, me defendí porque no me gustaba que pensara que yo era prejuiciosa. Posé la bolsa en mis muslos y volteé a mirarlo sin mover el torso, sólo mi cuello y mis oídos pretendían ser corteses. Pero mis manos hacían de las suyas con el asa de la bolsa retorciéndola mientras esperaba el resto de lo que aquel hombre quería decirme. Pero se quedó muy callado sin mirarme siquiera. Era perfecta, dijo por lo bajo.

¿Vive aquí?, le pregunté deseosa de retomar el paso. Me señaló la caseta de los jardineros. Me dejan dormir allí. Yo les cuido las tijeras y los tambos. A veces uso sus botas de hule cuando quiero chapotear en la fuente, y cuando tiene agua porque las muy rameras no la lavan todos los días. Se besan con los choferes de los camiones y yo veo como ellos les meten mano bajo el overol. Aquí es un mundo sucio, pero menos sucio. Me incorporé y él notó que me iba. Perdón. No debí hablar de eso. Ella también me lo decía. Cuando yo la quería acariciar me quitaba la mano y me decía sucio, me das asco. Asco, señora, señorita, dijo desesperado. Y yo me senté de nuevo. Hoy le daría asco, pero entonces no. Yo era un hombre de la ciudad, con coche. ¿Usted tiene coche? Ella tenía coche. Por eso yo no sabía que se iba, se iba cuando yo me iba, o sea todos los días. Se veía con él. Era tan linda, vestida así como usted, con las medias sedosas, con la falda elegante. No le gustaban los pantalones. Ni mi aliento, dijo y se rio con estruendo. Me dio miedo y vi el reloj. Ya iba con retraso.

Perdón, pero... Siempre puntual, interrumpió él. Ella también, para tener la casa arreglada, mi ropa lista, la comida en su punto, el pelo cuidado. Los que iban a la casa la alababan. No teníamos hijos y ella me decía que no era ella, que no podía ser ella. Yo no sabía porque lo afirmaba así tan segura. Quién iba a decir, si siempre hacía las cosas bien hasta le hablaba a mi mamá todos los días y bañaba a Bull que yo quería tanto y me lo tenía peinado para cuando yo llegara de la oficina. Contador. Sí, aquí llevo mis cuentas, dijo y tomó una libreta del bolsillo del saco: cuarenta lilas, diez rosales, tres palmeras. Extendió la libreta marcada de dedos sucios hacia mí. Vi su letra pulcra, sus números perfectos. Esto es en la vereda principal. Dos perros, una rata, cinco ardillas. Se ha llenado de ardillas. Dos putas. También de putas. Entonces bajó la cabeza hacia su libreta y sacó un lápiz corto del mismo bolsillo. Una señora bonita, anotó. Nunca pasan señoras bonitas. Yo me quería ir, pero sus palabras no paraban. Me tengo que... Ir, si ya sé, ir, todas se tienen que ir. Menos yo. Mire aquí vivo y en las noches el parque es mío. Sólo mío. Una que otra rata se oye en el basurero, pero yo cierro la covacha, o salgo a las veredas, a las fuentes y corro, corro muy fuerte. Un hombre de mi edad no puede enfermarse y menos en este caso. Recogerán un muerto sucio. Me perdonará, si hubiera sabido que hoy la vería me hubiera bañado, hubiera lavado mi ropa, y así húmeda me la hubiera puesto al amanecer antes de que llegaran las pirujas que lavan la fuente, los guardias que cuidan el parque, los que corren temprano, antes de las señoras gordas que se tiran en un tapete a hacer lo que una maestra les dice. Antes, antes. Yo sé estar listo para una mujer.

Señor, lo interrumpí, me va a perdonar, pero... No supe estar listo para usted, señora, me dijo y se deslizó en la banca a mi lado.

No me dio miedo, aunque no me lo crea. Me dio tranquili-
dad. Era grande. Sus manos eran nudosas y fuertes. Me sentí
una niña a su lado. ¿Jugabas en el parque de niña?, me dijo
entonces, hablándome de tú y mirándome a los ojos. Perdón,
se tapó la boca. El aliento. Hace mucho que no hablo con una
mujer. Esas vienen a provocarme. Se meten en la covacha y
me quieren manosear. Y no soy de palo y acabo haciendo lo
que ellas quieren cuando se bajan el overol y se empinan. De
frente no manito, no queremos olerte la boca, se ríen las muy
cabronas. Entonces me tomó la mano apurado. No sé que digo,
no sé estar con una mujer elegante. Lo olvidé. Ella no me hubiera permitido jamás estas palabras.

Yo le dejé mi mano entre las suyas, sucias y me le quedé
viendo tan blanca y acicalada con su anillo de casada entre
las manos negruzcas del hombre. Me gustaba mi mano limpia,
de uñas barnizadas. Se ponía aretes de perla y tenía un anillo
como el tuyo con mi nombre, dijo suavemente. Toda mujer casada lleva un nombre de hombre en sus dedos. Y con sus dedos buscó mi anillo y lo deslizó. Y yo, no sé por qué no opuse
resistencia. Trató de leer el nombre grabado en el interior, al-
zándolo hacia la luz del sol que entraba por el fresno frente a
nosotros. Nos los entregaron así. No nos dimos cuenta de inmediato y fuimos dejando el grabado para después, me discul-
pé con él. No hay que dejar nada para después, me dijo. No,
me puse alerta. Debo irme, retiré mi mano de las suyas. ¿Te
esperan a comer?, dijo mirándome a la cara. Sí, mi anillo, pedí
nerviosa. Presagié una treta en la que había caído como una

tonta. No pensarás que me lo voy a quedar, ¿verdad? ¿Qué haría con él? Bah, ni siquiera tiene nombre, dijo y lo arrojó al pasto al otro lado de la vereda. Me quedé inmóvil. No podré explicar nada, dije sin enojarme. No expliques nada. Ella no me explicó nada. Sólo se fue. Mi mamá, dije, me espera. No quería saber de su historia.

¿Sabes?, dijo volviéndome a mirar y sin hacer caso de mis palabras. No eres como ella. Eres más bonita. Me escuchas. Tú sí eres perfecta.

Sus piernas con los pantalones sucios estaban pegadas a las mías y me había vuelto a tomar la mano. Así, arrinconada, la idea de levantarme y echar a andar se desvanecía. Era como si las fuerzas se hubieran ido con el anillo. Me recargué en el respaldo, y callados esperamos a que cayera la tarde. Cuando las luces del parque se encendieron, él dijo que eran lámparas sabias, que gracias a ellas él no se quedaba en total oscuridad, que podía mirar cuando no había luna. ¿Te gustan los parques?, me pasó el brazo por la espalda y no me importó el saco grasiento sobre mi suéter rosa. Sí, le contesté mirando hacia lo que creía era una nube de hortensias. No se vive mal aquí, me dijo y se puso de pie extendiendo su mano para que lo acompañara. Echamos a andar con la naciente noche. Me gustaba su zancada. Sus zapatos abiertos y sin agujetas junto a mis zapatos calados y nuevos. Anduvimos sin hablar, yo cogida de su brazo pensando en el jardín de mi casa y sus hortensias y en lo feliz que sería mi madre cuando se lo contara. Después del paseo entramos a la covacha y me señaló el colchón. Dijo que volvía y cuando regresó se había lavado las manos y la cara. Le miré la piel de Felipe y los ojos de Felipe. Tal vez así hubiera sido de haber podido llegar a hombre. Igualito que mi primo no me dijo nada, sólo me abrazó. Cuando intentó acariciarme retiró la mano asustado, pero yo la tomé y la puse sobre mis senos, sobre el suéter rosa. Es increíble que el rosa de mi suéter ya no se distinga. Ellas ya no se acercan a molestarlo. Nos bañamos en la noche en la fuente y él es hermoso desnudo y limpio. Me volví su mujer y ahora de día a veces necesito hablar con alguien en esta banca. Contarle que mi madre me está esperando para ir a comer y que mis hijos también, pero a mí me gusta el parque con sus fresnos y sus hortensias y la noche y la fuente y aquí vivo. Es perfecto. ¿Usted me entiende? No se vaya. No le voy a robar nada. ⌼

El cuidador

UNA IDENTIFICACIÓN, HABÍA PENSADO ESA MAÑANA, debo anotar mi nombre y dirección en algún papel dentro de la bolsa. Siempre decía que lo haría en cuanto estrenaba la agenda del año y luego, ya por marzo, ni se acordaba. Detenida del tubo sobre su cabeza, miraba sin atención los regazos de los pasajeros sentados frente a ella cuyas rodillas inevitablemente rozaba de cuando en cuando. El trayecto en camión le era tan habitual después de dos años de trabajo en la misma oficina que capoteaba entre brazo y postura de pies los frenones inesperados. Prefería ir sentada, sobre todo porque aprovechaba para dar una última retocada a los labios y acomodar el copete esponjado por la laca que con las prisas mañaneras no quedaba igual que en el fin de semana.

Recordó que viajaba con sopor, con una extraña fatiga que parecía la resaca de una gran desvelada. Cuestión que no era su caso pues los domingos veían la tele Germán y ella con su tía; cenaban quesadillas de las que vendía Meche en la esquina y a las diez, después del musical en la televisión, Germán se despedía pues al día siguiente entraba al taller a las siete. La debilidad la ocupaba con más intensidad, asustada fija se inclinó para que el aire de la ventila abierta le diera en la cara. Cambió la bolsa de brazo y los pies de lugar y volvió a perderse en los regazos frente a ella con la cabeza recargada en su propio brazo. Un sudor frío le recorrió el cuerpo y no pudo abrir la quijada para pedir ayuda.

Sin duda fue a parar sobre aquellos muslos enfundados en distintas telas frente a ella y se desplomó sin pudor sobre los desprevenidos pasajeros con su vestido rojo, su bolsa al hombro y sus tacones puntiagudos. Con los ojos mirando al techo desconocido, Marisela sacaba conjeturas. No traía zapatos. Los pies apretujados en las medias de licra rozaban una colcha sintética cuya textura le producía escalofríos. Estaba atontada y tenía miedo de descubrir el sitio a donde había ido a parar. No era un hospital, el foco desnudo suspendido de un techo verde pistache y un olor a frijoles cocidos, además de la colcha guateada bajo su cuerpo se lo indicaban. Poco a poco giró la cabeza. Al lado de aquella cama estaba una mesa de formica, en la silla más próxima su bolsa negra colgaba del respaldo. Si fuera un asalto, ¿quién la habría recostado en una cama, quitado sus zapatos y puesto la bolsa al alcance? Vio una estufa en el cuarto contiguo pero ningún ruido venía de allí. La olla sobre la estufa desprendía el olor que había impregnado la habitación. Al fondo estaba el televisor adornado con un florero de esmalte beige que sostenía dos rosas de tela descoloridas. Recorrió con la mirada el resto de la habitación. Cerca de los pies de la cama estaba la puerta de entrada color verde pistache de donde colgaba un calendario. A un lado había una foto de boda en un óvalo. La alivió esa huella de presencia humana y se incorporó despacio hasta quedar sentada sobre la cama.

La colcha de flores rojas y menudas la mareó, y volvió la vista a las paredes al otro lado de la puerta en busca de ventanas. Parecía haber dos muy altas encima de un armario. Bajó las piernas al piso y tomándose de la silla intentó ponerse de pie. Se acercó al armario lentamente y sintió de nuevo la misma debilidad que en el autobús. De prisa echó mano de una colonia de la repisa del armario. La abrió ansiosa y aspiró la loción masculina. Se descubrió en el espejo redondo. Estaba pálida pero aún conservaba el copete en su sitio. En la luna se reflejaban otras dos lociones, un desodorante, una goma y un cepillo. Le pareció que todo aquello eran los enseres de un hombre, intrigada abrió un cajón donde alborotados convivían calzoncillos, camisetas y calcetines. Giró la llave de la puerta del armario en el que faldas de vestidos rosas y floreados sobresalían entre los pantalones azules y cafés.

El alcohol de la loción la había recuperado y pensó que era el momento de partir. Dejaría una nota de agradecimiento a la pareja de la casa y su dirección para corresponder a la cortesía. Se sentó en la silla donde pendía su bolsa y extrajo la pluma y una hoja que arrancó de su agenda. Sonrió pensando en la irónica utilidad de la misma a pesar de haber omitido el llenado de la hoja de datos personales. Tomó el florero polvoso de la televisión y lo colocó encima de la nota de manera que los dueños advirtieran su presencia sobre la mesa. Metió los pies en los zapatos, pasó la mano por la colcha esponjosa estirándola y con el bolso otra vez en el hombro se dirigió a la puerta. Dio vuelta a la perilla, pero no pudo abrirla. Buscó los pasadores que seguramente la atoraban sin fortuna. Le habían echado llave. Tendría que esperar a que alguien regresara.

Dejó la bolsa, se acercó a la cocina para asomarse por alguna ventana que le aclarara dónde estaba. Igual que en el cuarto grande sólo había una ventila alta. Arrastró una silla y se trepó para alcanzarla. Era imposible ver algo, necesitaría introducir la cara en el estrecho espacio de la ventila y la silla no era lo suficientemente alta. Volvió a la habitación grande y se trepó a la repisa del armario. Llegaba el ruido de camiones y de voces. Ni asomando la cabeza habría podido saber en qué calle o barrio se hallaba.

Se sentó agotada sobre la cama. El esfuerzo había sido mucho para su estado aún frágil. Miró su reloj, eran las doce del día, debía avisar al trabajo, a su tía, a alguien. Se puso en cuclillas frente a la puerta. Por la rendija se veía un pasillo oscuro y vacío. Se quedó un rato esperando pasos, le pareció oiré algo. Vio unas piernas de mujer en zapatillas. Acercó la boca al hueco y llamó: «Señora, aquí, señora». Observó cómo se detenían los pasos. Imaginó la cabeza sobre ese cuerpo tratando de descifrar la procedencia del llamado. Intentó de nuevo, pero con más fuerza. Del otro lado la mujer siguió su camino. Desistió. Esperaría, total en el trabajo sólo le descontarían el sueldo, con suerte y llegaba a casa a la misma hora que siempre. Encendió la televisión y se tumbó en el camastro.

El ruido de la puerta la despertó. Era de noche y en la oscuridad no pudo identificar quién entraba. El hombre encendió la luz y se disculpó.

—¿Te desperté, preciosa?

Marisela se quedó muda ante el trato del desconocido.

—Debes estar muerta de hambre. Ahorita preparo unos bistecs y caliento unos frijoles para que cenemos.

El hombre hablaba con emoción mientras se quitaba el suéter y lo colgaba de un clavo junto a la puerta. Desapareció tras una cortina de hule, mientras Marisela escuchaba la fuerza de sus orines y el agua que arremolinada en el escusado se los llevaba. Se enjabonó las manos en el lavabo que estaba fuera y se acercó con familiaridad al camastro donde Marisela, después de estirar el vestido sobre las piernas, permanecía inmóvil. Se sentó a la orilla y le tomó el rostro como solía hacerlo su padre.

—Qué bonita estás.

Marisela, se imaginó poseída despiadadamente por aquel desconocido que sin duda era el único habitante del lugar. Pero el hombre le acarició la cabellera con su mano gruesa. Ella no podía contener el temblor de los labios.

—Ahorita la cubro.

Del armario sacó un chal negro que le echó sobre los hombros y lo cerró al frente como si fuera una niña pequeña. Luego se metió a la cocina y Marisela apeló a la razón para recobrar el habla, dar las gracias y partir a casa. El hombre apareció cargando unos platos.

—Véngase a comer.

Encendió la televisión y se sentó a la mesa. Comenzó a comer sin mirarla, absorto en la pantalla blanco y negro al frente. Marisela hambrienta, se resistió a interrumpirlo y comió. Al terminar, él seguía absorto en la pantalla. Tenía la cara ancha y morena y un pelo espeso, negro, brillante por la grasa con la que seguramente lo aplacaba en las mañanas. Sus brazos eran lisos, sólo el reloj rompía el moreno lustrado de su piel. Incómoda por el silencio, Marisela se puso de pie y recogió los platos que lavó en el fregadero de la cocina. Recogió la servilleta y los cascos de refresco. Después de ordenar la cocina se sentó en su silla decidida a hablar.

—Me puede indicar qué camión tomar para irme a mi casa, es tarde y me están esperando.

—¿Tú casa?

—Sí, le agradezco mucho que me haya ayudado pero mi tía y Germán no saben dónde estoy.

—Estás en tu casa.

—Gracias, muy amable, espero corresponder a sus atenciones y que venga a cenar un día a la casa de mi tía, porque mis papás viven en Michoacán, pero igual cuando usted vaya por allá...

El hombre no parecía escucharla, se había puesto de pie y de detrás del armario sacaba un catre.

—Pero no hay necesidad —insistía Marisela con voz suplicante.

El hombre extendió el catre al otro lado de la mesa, pegado a la puerta de la cocina, y sacó dos cobijas del armario. Marisela en medio del cuarto no sabía si llorar o darle de puñetazos en el pecho. Él le dio una cobija. Le tomó la cara otra vez entre el dedo gordo y el índice y la volteó hacia él.

—Que descanse.

Apagó la luz y se fue hacia el catre. Muda frente a la mesa, Marisela miró cómo se quitaba la camisa dejando al descubierto su vientre liso y vasto. Intimidada se recostó sobre la cama de colcha floreada y se echó la cobija encima. Pegó la cara a esa guata caliente que no hacía más que encender su impotencia y su cólera. Pensó en su tía que estaría fuera de sí y en Germán que habría llamado a los hospitales y a Claudia, su compañera de trabajo. Nadie sabría por qué no llegó a la oficina, por qué no avisó, por qué no volvía a casa. Entre la respiración ruidosa del hombre con quien compartía el cuarto y los vaivenes de las preocupaciones que no podía aliviar, se quedó dormida.

El hombre despertó muy temprano. Marisela lo sintió moverse en el catre. La luz de las ventilas iluminaba tenuemente el cuarto, sobre el pecho le colgaba algo brillante. El hombre salió del baño con el pelo mojado y el torso aún descubierto. Marisela pudo distinguir que aquello brillante que le colgaba del cuello era una llave. Tardó en concluir que era la de la puerta, y que bajo la camisa se la llevaría a su trabajo o a quién sabe dónde mientras ella esperaba con el vestido rojo sudado, sucio, con su angustia de ocho nuevas horas. El hombre salió de la cocina con dos jarritos y le acercó uno a Marisela.

—Aquí está el café, preciosa.

Marisela se incorporó jalando la cobija hasta el pecho y tomó el jarro.

Los dos dieron sorbos en silencio. Él le miraba el rostro con embeleso. Marisela hundía la vista en el vapor de la taza.

—Si quieres cambiarte, en el armario hay vestidos. Ya pasó un año y no va a venir a reclamarme la condenada.

Inclinó la cabeza y le dejó un beso a Marisela junto con un intenso olor a desodorante y colonia barata. Del clavo, tomó su suéter y cerró la puerta tras de sí. Marisela oyó la llave girar.

Tuvo diez largas horas para pensarlo y detallarlo. No había otra posibilidad. Lo recibió con sonrisa y con ajusta un vestido de su mujer, uno de flores verdes con un escote pronunciado y, como le quedaba chico, muy ajustado a las caderas. Se había pintado los ojos y los labios, enjabonado las axilas en el lavabo y peinado con la goma del armario. Mientras él cocinaba ella procuró pasar a la cocina que de tan pequeña obligaba al roce de los cuerpos. El cenó con cerveza y le costó trabajo abstraerse con la televisión. Mientras Marisela lavaba los platos fue por otra cerveza y se quedó detrás de ella suspendido ante el espectáculo de sus caderas.

Marisela le llevó otra cerveza y le dijo que tenía sueño. Comenzó a desvestirse junto a su cama con deliberada lentitud. Observó como él, con la mirada turbia, se acercaba. Ella apagó la luz del cuarto y respiró profundo apelando a su deseo de libertad para poder soportar los besos y el cuerpo masivo sobre ella. Le quitó la camisa. Él le apretaba las nalgas y subía una mano por entre sus piernas. Marisela le acariciaba la espalda, el cuello, restregaba su boca contra el pecho lampiño del hombre y con la boca tomaba la llave, deslizaba la cadena por el cuello y la tiraba desdeñosamente al suelo. Con los pantalones a media rodilla y el cuerpo desnudo de Marisela bajo el suyo, el hombre eyaculó abundante y apresurado para desplomarse a un lado con una respiración abrupta y desacompasada.

Marisela esperó, una hora, dos. El semen del hombre se secó entre sus piernas. Despacio se deslizó hacia el baño arrastrando con su pie la llave. Allí estaban su vestido rojo y los zapatos que había dejado previstos. A toda prisa y en silencio se vistió. Tomó el bolso y el chal y se acercó a la puerta mirando al hombre que dormía satisfecho con el pantalón en las rodillas. Metió la llave y le dio vuelta muy despacio, giró el picaporte y abrió la puerta. Lo miró, dormía aún. Cerró la puerta, entonces la llave cayó y pudo oír el muelleo de los resortes del colchón, pero estaba ya en la calle frente al viejo edificio caminando hacia algún lado.

Tardó en reponerse, en digerir esos dos días, sobrepasar su atrevimiento y el recuerdo del aroma a cerveza y colonia del hombre vertiéndose en ella. No contó todo, no tal como fue. El domingo cenaron las quesadillas sabrosísimas de Meche y Germán estuvo abrazándola mucho. Lo necesitaba, se dejó cobijar por sus brazos y sus caricias. Se despidieron con un largo beso después de que la tía dio las buenas noches.

Marisela se puso el camisón. Retiró la colcha de la cama, pero la textura guateada y las menudas flores rojas la marearon. Una voz desde la ventana la consoló.

—Preciosa, te dije que era tu casa. ⌗

Placeres cárnicos

La visita a la carnicería los sábados era un asunto obligado. Papá y mamá se alborotaban desde que pensaban la lista en voz alta durante el desayuno: empuje y una pierna de cordero, sábanas de res y la molida con menos grasa, un poco de pulpa de cerdo. Mi hermana y yo hundíamos la cuchara en el cereal rescatando del manto blanco aquellas inocentes hojuelas, tan lejanas del rojo sangre que ellos enumeraban sin piedad para nuestro apetito menguado. Yo quiero pollo, decía Estela, por fastidiar. Los dos le reprobaban con la mirada el atentado a su catálogo cárnico. Nos apuraban para el baño, para hacer nuestra cama, lavarnos los dientes y subirnos, resignadas, al auto que conducirían con júbilo a la carnicería de la colonia del Valle. Estela y yo habíamos descubierto un puesto de periódicos en la esquina y como llevábamos nuestro domingo, apenas descendíamos de la maltrecha camioneta, corríamos a elegir dos historietas cada una. Podríamos haberlas leído allí mismo sentadas en la banqueta, pero nos gustaba estirar la lectura durante la semana tumbadas en la alfombra de la recámara, por eso cargábamos las matatenas. Papá paseaba frente a los escaparates refrigerados señalando y comentando con mamá que aquella espaldilla se veía buena y que por qué no un trozo de filete aplanado y relleno. Agustín ya limpiaba el cuete que mamá infaliblemente le pedía argumentando que nos lo comíamos muy bien, cuando la verdad era que le gustaba ver cómo lo mechaba con aquella daga cargada de tocino y zanahoria que, después de aguijoneado el trozo, extraía como un convoy vacío. Miren, había dicho mamá para que dejáramos de corretear sobre el piso de granito y compartiéramos su deleite ante tan sencilla faena.

A ambos les gustaba la destreza con que Agustín manejaba los cuchillos anchos y afilados y esos muy delgados con que desprendía la grasa y los pellejos que amontonaba para el perro de los abuelos. Los ponía en una bolsa transparente que mi hermana y yo nos negábamos a cargar. Las manos húmedas de Agustín eran las que habían anudado la bolsa y estaba pegajosa. Pero el colmo de la reverencia de papá y mamá sucedía cuando sobre el pedazo de tronco, Agustín golpeaba con un mazo las rodajas de diezmillo hasta dejarlas delgadas para bistecs y aún más extendidas para las sábanas que mamá servía gratinadas. "Sábanas de invierno" decía e insistía en prepararlas a pesar de que papá siempre removía el queso burbujeante. Le roba el sabor a la res, decía. Los dos se quedaban en silencio mientras la plana retumbaba y lograba dominar al músculo animal; observaban a Agustín como a un percusionista virtuoso. El sonido rítmico era el que nos acompañaba mientras jugábamos matatenas en el escalón: una barrera segura entre aquella pedacería animal y la calle donde pasaban los autos y la gente.

En casa, la pesadilla se prolongaba mientras comían la carne recién mercada. Papá calificaba, entre mordiscos, el punto de cocimiento, la edad del animal, la cantidad de sal, la falta de majado, la necesidad de pimienta o de tomillo. Mamá masticaba el trozo con los ojos cerrados y luego decía que reclamaría a Agustín que el cordero estaba viejo y que el sabor de la grasa lo delataba.

Nos preguntábamos si su noviazgo había tenido ese escenario de tejido animal. Pero mamá contaba que los sábados solían ir al Ajusco a quesadillear. Todo empezó cuando tú naciste, me señalaba y sonreía como si yo fuera responsable de aquella actividad. Te llevábamos en la carriola. Qué horror, pensaba al imaginarme sumida en almohadones rosas en medio de esos trozos de vaca y tajos de puerco o tiernos borregos despellejados. Cuando los abuelos llamaban algún sábado para llevarnos a comer espagueti, los recibíamos con besos agradecidos. No tendríamos que comer aquellas rocas sangrientas que Agustín esculpía.

Te imaginas, te estás comiendo una vaca chiquita pastando, me decía Estela con malicia cuando mamá nos daba ternera. Esa carne si era suave, no teníamos que pegar los trozos masticados por debajo de la mesa. Un día Lola se los contó, furiosa por la podredumbre que le tocaba limpiar. No le hablamos en unos días, ahora teníamos que deglutir sin pretexto todo pedazo de aquella carne que por kilos entraba a nuestros ojos, nuestro refrigerador y al ánimo de nuestros padres.

Las navidades eran la cima de su obsesión. Estela y yo cruzábamos miradas, cuando mamá miraba embelesada la tabla de mármol que papá había comprado, del espesor preciso y con los cantos redondeados, para que ella y él, como Agustín, pudieran dar forma y limpieza a la masa muscular. Papá suspiraba con el juego de cuchillos de impecable factura alemana. Querían estrenarlos de inmediato. Cuando el ajuar de carnicero para regalarse parecía estar agotado, a dúo se compraron un molino de carne eléctrico. A puños arrojaban la pulpa de aguatón y contemplaban absortos los gusanos rosados con vetas blancas eran expulsados por los orificios metálicos. Parecían niños frente a un botín de bastones de caramelo rojo y blanco. Si el veinticinco caía en domingo nos salvábamos de la visita a Agustín. Ya nos arrastrarían el veintiséis porque le llevaban un suéter o una cartera al cómplice de su dicha.

Cuando papá cumplió cincuenta, mamá les pidió a sus amigos que se lo llevaran de farra el día anterior porque ella necesitaba meter aquel tocón de árbol, casi como el de Agustín, a la casa. Hubo que desarmar la puerta de la cocina mientras mamá gritaba que bajáramos. Para entonces Estela y yo habíamos logrado que los sábados nos dejaran en casa o en el club y la carnicería comenzó a pertenecer al pasado vergonzoso de nuestra infancia. Pero aquel tronco, en el centro preciso de la cocina, era una nueva afrenta. Qué íbamos a decir a los amigos que venían a casa. Tu papá es carnicero, se burlarían. Es horrible, dije. Lola no va a poder cocinar, añadió Estela. Mamá miró el tocón y sin escucharnos afirmó orgullosa: Su padre estará feliz.

En efecto los fines de semana se llenaron de ese ritmo que admiraban en Agustín: disonante al inicio, acompasado con la práctica. Compraban la carne en caña para ellos mismos filetear y aplanar las escalopas. Mamá se reía de la torpeza de papá. Al principio no sabían qué hacer con tanta carne plana ni nosotros con tanta monotonía del menú. Pero luego inventaron platillos y comidas de muchos amigos a quienes presumían el tocón, los cuchillos que colgaban en la pared de la cocina y aquella laja de mármol donde la sangre había dejado ya su huella permanente. Los amigos se admiraban de esa afición porque más allá de los espacios laborales de cada uno: la oficina de papá y las clases en la universidad que daba mamá, ni el cine, ni salir a restaurantes, ni los viajes tenían ese efecto de la devoción.

Cuando Estela y yo nos fuimos de casa a hacer nuestra vida, supusimos que a aquellos atracones de compra y aplanado sabatinos de carne les seguían los arrumacos azuzados por el vino y las viandas. Alguna vez nos lo dijimos. ¿Has tratado de llamar a papá y a mamá los sábados por la tarde? No contestaban el teléfono a ninguna.

Mamá murió antes que Agustín el carnicero. Estela y yo habíamos bromeado infinidad de veces sobre lo que pasaría con aquel encanto de fin de semana si se les iba el maestro. Pero nunca imaginamos que la clientela menguaría primero, y aquel infarto sin aviso dejó a papá más solo que nada. Seguía trabajando y pedía un taxi los sábados para ir la carnicería. Al principio intentó seguir como si nada. Lola era la que nos ponía al tanto. Su papá dejó un regadero en la cocina. Nos daba gusto imaginar la sangre que escurría por el tocón, aunque ya mamá no pasara la jerga para dejar el piso limpio. Nos gustaba suponer el martilleo sobre el árbol. Insistíamos en llevarlo a comer fuera o a nuestras casas, pero él se aferraba a los sábados de siempre. Hasta que perdió el hambre y se dejaba invitar por sus amigos a jugar dominó y le dio igual lo que hubiera sobre el plato y si era lunes o jueves o fin de semana. La vida pareció perder su propósito y papá se volvió triste y huraño. La cocina fue el territorio exclusivo de Lola que se movía alrededor del tronco en el centro y limpiaba el mármol como si de un momento a otro papá fuera a retomar la afición carnicera.

Por eso algunos sábados paso por Estela y me estaciono justo enfrente de la carnicería donde Agustín ya no trabaja más. El puesto de los periódicos sigue en su sitio. Bajamos el escalón de las matatenas y nos paramos frente al refrigerador. Pedimos bistecs, cuatro o cinco kilos, sólo para escuchar el martilleo del aplanado en la tabla y la risa de mamá. Volvemos a casa con los ojos humedecidos y la carne para la semana. ⊞

Meaty Pleasures
by Mónica Lavín
Translated by Dorothy Potter Snyder

Mónica Lavín

Translated by Dorothy Potter Snyder

Meaty Pleasures

katakana
editores

Postprandial

AT THE RESTAURANT, YOU LINGER IN FRONT OF THE LECTERN and examine the menu's offerings.

You note the décor, a high-tech bistro style that catches your eye. Its entrance opens onto the hotel's lobby. It's mid-afternoon, so there aren't any dinner guests to make uncomfortable when you peek inside. The waiters are busy putting out the place settings and flower arrangements.

In hotels, dinner service begins at six o'clock. At a table beneath a small lamp attached to the wall, a man catches sight of you and nods in greeting. You smile and feel a strong urge to leave, since you already had a look around, but he signals you with his hand to come closer. He appears to be the manager, with his navy-blue jacket and red tie. You say hello and tell him that the place is quite lovely, that you didn't know about it. We just remodeled it, he answers, and asks you to sit down. I came to get a gift from Larios, you say, hedging. He tells you it'll just take a few minutes, that he wants you to taste a few dishes, that everything's new, the menu, the chef. Faced with his calm smile and slate-blue eyes, you weakly tell him that you're not hungry. He reaches out his big hands—you take note of just how big they are—and he orders the waiter to bring a few sample dishes. You think, why not? You like to eat, and this man wants your opinion.

It's five o'clock, and the waiter sets down two wine glasses and pours a splash into the glass of the man in the blue jacket. He buries his nose in it, inhales, and then asks you if you wouldn't mind accompanying the tasting with some wine. It would be a pleasure, you say, and he explains what a good year it was for this French wine, the harvest of that vintage was fantastic, that this sort of Pinot Noir goes well with a tuna steak, a small slice of redfish, nearly raw and crusted with pepper, an intensely flavored slice that your tongue lingers over and that you swallow with your eyes half-closed, then taking a sip from your glass. He observes you, having not even tasted his own serving, and he catches you in your gesture, the look of satisfaction in your eyes, your sigh of pleasure. The servings—loin of lamb in puff pastry, a bit of endive with goat cheese, veal with morels—all flow delicately and each in its turn across the white tablecloth and your palate. He tells you that he used to be a dishwasher, and now he's the restaurant's manager. The story intrigues you. He's been to wine tastings all over the world, he personally knows sommeliers who have identified regions, varieties, and vintages while blindfolded.

He calls the waiter and asks him to straighten a painting on the wall and to fill up the saltshakers, his eyes focused all the while on the man's shoes—they must be perfectly polished at all times, he explains. His slate-blue eyes gaze at you steadily and with a certain enjoyment as you taste the Château Lafitte that the waiter has uncorked, and you observe and listen to him as if you were part of a play in which you had the role of submitting to the designs of the leading man. Finally, he offers you a serving of bitter chocolate on a small, white, seashell-shaped plate, and he assures you that it tastes best accompanied by champagne. So, he takes your hand in his big one, and he sweeps you along through the hallways while you discover that he's tall, and that you like his light chestnut hair and the way he carries himself, and you don't know whether it's his mixed French and Scottish ancestry or what you learned amidst the dishes, implements, tables, chefs, and waiters that is seducing you.

He takes you to Room 704, and you don't understand how the bottle of champagne got there first and is now reclining in a silver ice bucket. You sit on the sofa next to the bed and wait for him to offer you a glass while you silently observe through the window and from seven floors up this strange city and your own acquiescence. You feel out of place in this position. You smile, and he of the slate-blue eyes brings over the glass, and while you drink, he silently removes your shoes, unbuttons your blouse, and delicately searches for the center of each of your breasts to play with the nipple. Once again you half-close your eyes and you surrender yourself to the big hands that have just stripped you naked and that hold you there on the sofa with the afternoon sun streaming through the window, and the rug, and his long nose sniffing at your neck, and his champagne-flavored tongue savoring your breasts, sucking from them the secret of their whiteness. He sucks on your navel, nibbles your legs, drenches your feet with his saliva, and strokes your belly as if he were checking the freshness of a Dover sole. He observes the response of the flesh and searches with an artisan's hands for your throbbing clitoris. He stimulates it delicately, as if he were seasoning a dish that afterwards his mouth had to savor, his tongue to wound. You've turned to jelly: a jumble of moist flesh, a cream of cockles, a dripping sieve of spit and membranes. You're completely edible, and he's gotten you to the point where you want nothing more than to taste him, to feel his sex growing in your mouth, drowning you, leaving you breathless, exalting your desire that he should pierce you, break you down, and skewer you, as at last he does, leaving you limp and abandoned like leftovers on a plate.

You let a week pass. You needed time to enjoy the postprandial, and you thought that choosing the same day and time would allow for a repeat encounter. Before leaving home, you carefully polished your black shoes, and you drove there, all the while trying to ignore the feeling of inevitability. It could've been just the moment's enchantment, but nevertheless you had already drunk from the cup, and your body clamored for his mouth endlessly sucking on your breasts. It was five o'clock when he saw you walk in. As you approached, he stood up, his pale-yellow shirt peeking out from beneath his gray jacket. The two wine glasses were already on the table, waiting. Everything proceeded like a concert directed perfectly by his slate-blue eyes and expert hand, the hand that you were craving. The parade of food began, the snails bourguignon that he pried from their shells, trembling as if still alive when he placed them on your tongue, the garlic and oil providing lubrication. Later, he offered the Spanish Matarromera to soften the flavors and heighten the desires, which were then soothed with some oysters *al parmesano*. And a new appetite was born that would not be satisfied with any other tastes than those of skin and sweat in another and different room, with the same afternoon light and the tumult of his taking you right in front of the mirror while he observed your movements, your flushed skin, your wild eyes, and he grabbed onto your breasts like the peaches that he had chosen that very afternoon to infuse with wine and sugar. And you sought the source of this pleasure in his slate-blue eyes reflected there in the mirror, the duration of this pleasure that then became lost as the glass misted over with vapor from the bath.

You took refuge in the ritual, became an addict, relinquished your own ordinary good sense every Friday for months, between the wine and food and champagne that were like a prelude to the ever-new and wild carnal pleasures that required neither the soul's cooperation nor the reassurance that there would be an encore. That's how it was. That's how it was until the afternoon when his slate-blue gaze received you more somberly, and he reprimanded the waiter on duty for his scuffed shoes, and he sent back the saltshaker that had grease marks on it and said that the flowers' aroma spoiled the meal. There were dishes that you ate with a certain disquiet—words hadn't been the currency of exchange between the two of you—and he regarded you with a nostalgia foretold. He uncorked a Vega Sicilia that you finished on the eighteenth floor. Closer to heaven every time, you told him. In response, he made love to you with sweet frugality, he touched you delicately, kneeling next to the sofa in the blushing afternoon light and letting you drink from his glass. He absorbed your moisture so that he might leave you dry as a shell, and he rammed you up against the wall and entered you as if he were raping you in a dark alleyway, your anxious hands clawing the wall. He drew the bath while you looked out at the tranquility of the approaching darkness, unaware of the whirlwind that was also coming your way. He told you about it once you had lowered yourself into the tub, while he contemplated you there, your hair spread out on the surface of the water. *I am going to a hotel in Niza.* Speechless, you submerged, letting your face sink below the water. *When?* you asked when you finally resurfaced. *Tomorrow*, he said, *tomorrow afternoon. Why?* you asked him while he used a sponge to wash your foot, which was sticking out of the tub. *It's better work.* You looked at him, furious. *You should have stayed a dishwasher.* You wounded him, but he kept on following the contours of your skin, and then he took your leg and scrubbed it hard, his hands plunging into the water, rubbing your belly, your chest, your reddened nipples, and you, looking at his desperate face, pulled yourself together enough to embrace him, get him wet, kiss him, take the sponge away from him, and lower yourself down on him to make love on the bathroom floor, like one last, lacerating howl.

He was so kind as to recommend you. Perhaps, you thought, it was a way of prolonging the time that you had been his. He spoke with the owner about your gastronomic sophistication, your elegance, your taste buds, of the wines you knew and could recommend, and you said yes. It was a good job, and now you could sit at the table against the wall beneath the lamp, giving orders, inventing and distributing pleasures for others, keeping a close eye on the waiters' shoes. You watched him come in with his notebook, a young man who was writing an article for a magazine. Sit, you signaled to him with your hand, and you told the waiter to serve the parade of dishes and your preferred wines. The young man half closed his eyes while he savored a piece of salmon *aux fines herbes*, and you smiled. You gestured at the waiter. The champagne would be waiting for you in Room 704. ⌗

You Never Know

You never know whether one day you might get out of bed and Papá might also get up, looking all anxious and unshaven, and put your cereal on the table and your sisters might speak in low voices, nobody mentioning that Mamá isn't there anymore. You might go to school thinking you'll see her again, but it'll be Trini who opens the door of the apartment and she who serves the noodle soup and grumbles because from now on it's going to be up to her to take care of everything as if she were the lady of the house. You might think someone's going to throw something, file a complaint, ask a question, or break a dish, because a mother can't just take off like that. But instead, your sisters stroke your head, and Papá comes home in the evening and asks you about school and soccer, feigning interest. Sitting there on the edge of your bed, he has no clue that you haven't brushed your teeth, and he seems on the verge of explaining something to you, but when his eyes wander around the shelves covered with toy cars, he says a gruff goodnight. You never know whether silence might be the only explanation you get, or whether everyone might just go on living as if the absent mother's voice were smoke, as if on Sundays you'd always been just four at the dinner table, as if they sold socks with holes already in them, as if it were normal for Trini to take you to your doctor's appointment in a taxi. And you might go to school with eyes as big as plates, your disbelief gluing your lashes to your eyelids because nobody has dared to cry or kick the doors, and because the only conspicuous change is all the missing photographs. Only on Papá's nightstand is there still one in black and white where they are both sitting on a bench looking happy. Traces of your mother linger in that room where you almost never go, because it's better not to entertain dangerous thoughts about the size of the bed, the two pillows, or what's behind those closet doors. You don't even know if her dresses are still hanging in there because your sisters have taken charge of locking all her things up, and your sisters are the ones who now go to your school events, sign your report card, and speak with your teachers. Your silent father walks around the house like a backdrop, and you might figure that it's the only way he can handle the fact that there was no goodbye kiss.

You grow up, and you get used to grumpy Trini, to your sisters with their boyfriends in the darkened of the living room, to the family gatherings with your grandparents and the casual references to the mother's traits that have been reproduced in her children, comments as passing as a cloth sweeping dust off the furniture. You learn not to visit *abuela* Nona because all she ever talks about is Papá and his silences, and because her peevish sisters won't stand up to her or her never-ending search for the reason for her grandchildren's orphaned state. You don't want to be in other people's homes where you're reminded of a mother whose face is beginning to become hazy in your memory. The years go by, and you start noticing women's legs, and you imagine kissing them and petting them, and you'd give anything to put your arms around a slender waist and inhale some sweet breath. Then, you kiss and hug them in the shadows of a movie theater, and you masturbate thinking about them, and when you start to want something more than their bodies, like their companionship and tenderness, you leave without saying goodbye.

And that's how it happens that one day you can leave without an explanation. You overheard a furtive conversation between your father and his sister-in-law that somebody spotted her in New York City, that she's a waitress in a diner on Second Avenue. You think a joint like that must be full of cooking grease. And you screw your courage up. You're twenty-one, and you work in your uncle's law office while you're going to college, and you've saved enough money to spend a month in the city. So, you tell your father you're going to take a trip, and you don't say when or where. One day, you just take a plane, and it rises quickly into the air.

There are a great many diners on that long, long avenue. You rule out the Chinese restaurants, pizzerias and bars, but there are still many places she could be. You rent a room in a shabby hotel on 92nd Street and First Avenue. Your plan is to walk the length of both sides of Second Avenue, from the Lower East Side up to Spanish Harlem. You are sure you'll succeed. You have all the time in the world and enough money to buy tea, soft drinks and donuts, because it's not enough to look in from the street and you have to sit down inside. You have to be able to recognize her thirteen years after your last memory of her face, which won't look like the face in the photograph on your father's nightstand anymore.

You walk wearing sneakers and a heavy jacket because now, in April's waning days, a light rain or snow might take you by surprise. You don't talk to anyone and you don't find he solitude difficult. Two weeks pass and you've looked through the vaporous, greasy front windows of diners where the waitresses call you *dear*, and you've searched among the delicate, white place settings of the hotel dining rooms as well. You've gone into the same places both morning and evening, because who knows what shift a waitress might work in this city that never sleeps? Before leaving the hotel, you mark your chart and, like somebody going to the racetrack, you place your bets: return to Ruby's, walk from 40th Street to 60th Street. You plot your course by means of a combination of calculations and hunches. And that's how it happens that three weeks later, having managed to avoid becom-

ing too morose in the evenings and with your hopes un-
dimmed, you enter the diner at the corner of Second Avenue and 95th Street and, as you fold up your chart and
slip it into your pocket, you realize you've found her.

You watched her put down the plates on the next table,
her beige-uniformed body leaning, and it was this very
gesture, her way of clearing the used plates from the table,
that gave her away. That sudden delivery to the dining
room table. You'd thought it would be her gaze, her long
neck, or maybe her sharp nose that would help you recognize her, not that domestic posture from so long ago that
has now become an occupational hazard. You want to observe her like that from a distance, but she becomes aware
that a customer is waiting. You hide behind your menu.
You know that soon you'll hear her voice. You peek at
her legs and her flat-heeled, rubber-soled shoes.

Good morning. Are you ready to order? she asks you in
strange-sounding English.

You look at her because you're taken aback, because you
want to regard her as if she were a photograph: the dyed
ash-blonde hair, the sharp nose, the compulsory smile. She
follows up with her next question.

What are we up for this morning?

You might not know what to do when your mother
speaks to you in English while she pours reheated coffee
into a chipped cup. So, before she can get away and leave to
serve another table because this customer hasn't made up

his mind yet, you order some pancakes just to keep her there. You realize that everyone is calling out to her, that she serves them, and that they leave small change for her on the table. You don't know what to do in the presence of a mother who doesn't display the least deference to this customer who is a part of herself but whom she regards with no greater interest than she does the workman at the next table, or the ladies in a booth in the back.

When she brings the steamy pancakes, his *thank you* betrays that he's from someplace else.

¿Visitando? she asks.

Buscando trabajo, you say brusquely as you spread pats of butter on your pancakes. Looking for work. You watch the heat liquefy them. You take pains to slice the circular cakes with your knife into equal-sized wedges. You don't know what's going to happen next. You chew and swallow them with difficulty, anxious to get out of that diner as quickly as possible. You gesture at your mother:

La cuenta. Check, please.

Accustomed to people in a hurry, the waitress leaves the check next to your sticky plate.

You take off walking and feel disoriented. You go to the corner and come back, cross to the other sidewalk, and then start walking along some street or another. Your hand brushes against the chart of the city in your pocket and you crumple it up, throwing it away in the first trashcan you find. But how can you waste this precious discovery?

The night air has cleared your head. But you don't figure on her having a day off, and the next morning you don't see her in the restaurant. You walk up to a Black waitress. You ask for Olivia. It's her name and she hasn't changed it. The waitress answers that she'll be there again tomorrow.

One day seems like many years, the sum total of all the years since Trini started serving noodles to the three siblings eating all alone. Your anger mounts while your money dwindles. There's no time to lose.

The next day you go back, and you see her through the front window. You linger a moment to look at her tied-back hair and sharp nose. You sit at the same table as before, and Olivia—her name is written on the plastic name tag—asks you with a smile if you want pancakes again.

I came looking for you yesterday, Olivia, you say to her in Spanish.

Why beat around the bush?

It was my day off. Did you find work?

That's what I want to talk to you about. Would you have a drink with me tonight?

Olivia hesitates while she lays out the paper tablecloth and pours coffee in the cup.

I don't like coffee, you say.

She keeps filling the cup.

Five o'clock at the Marmara, two blocks downtown, Olivia answers.

How much? You get up from the table.

But you haven't ordered anything!

It doesn't matter.

You leave a dollar on the table and walk out.

From early evening on, you drink at the cocktail lounge. Olivia walks over to you, standing very straight and looking taller now in her high-heeled shoes. She's wearing a long, navy-blue coat, her hair is down, and her bangs fall across her forehead.

I've never had drinks with such a young man.

I've never had drinks with a waitress in New York City, you answer. Are you Mexican?

You can tell? And you?

From El Salvador, but I went to college in Mexico, you lie.

They serve you vodka tonics, and you feel like talking as little as possible. You avoid asking about her life, but Olivia tells you she fell in love with a man and left everything behind in Mexico for him. You don't ask what happened after that, although you sense that she'd like to tell you how things turned out. But she keeps saying that she left everything for nothing, and just to make her stop talking, he caresses her leg. She goes quiet. You leave your hands on those thighs sheathed by the wool skirt to find out if you're able to bear this proximity to the woman's skin. She says nothing and just looks at you. You don't resist the familiar eyes. You grip your glass tightly so that you don't dash it to the floor. You order another round for both of you, and you feel as if she's surrendering when she accepts the drink.

You leave together without any words passing between you, and you quickly guide her by the hand along the street, and you feel that she's as light as some little thing. You remember other bodies, and the feeling amazes you. As soon as you enter the room, you take off her coat and you push her down on her back, her hair fanning out on the sheet's dingy whiteness. You unbutton your pants quickly. Excited, Olivia takes off her stockings and panties. You enter her easily. You notice her flushed face and her eyes, which are closed, thank heavens. Then you think about how you're penetrating the same passageway that stretched wide open so that he could be born. You feel a lewd disgust and forget the words you had planned to say. Exhausted, you collapse onto onto her breast, and Olivia slides up to sitting position, looking for the cigarettes in her handbag on the nightstand. Your head is resting on those naked thighs, very close to her pubis. You don't want to look at her. You don't want to leave her sultry lap.

Olivia strokes your head with one hand while she raises the cigarette to her mouth with the other.

I hope this is a smoking room, she jokes.

You stay there with your eyelids squeezed shut, the silent truth frozen in your throat and your spent cock.

You have a sharp nose, too, says Olivia tenderly. Are you okay?

You cannot bring yourself to deliver the knockout punch. You do not say, Olivia Sansores, I am your son. Instead, you hide your sharp nose, smashing it desperately against the woman's leg. You end up falling asleep, hugging yourself. In the morning, you wake up alone. Your mother's scent lingers on the pillow, and you find the butt of her cigarette in the ashtray. You bathe so you can go back for pancakes. You find an empty table in Olivia's section. When she sees you there, she comes over to pour you coffee.

I told you. I don't like coffee. You cover the cup with your hand. Why did you leave?

I wasn't going to stick around till morning so you could see I'm forty-nine.

You wolf down your pancakes and leave all the money you have left on the table. That night, you take a return flight home. From the airplane window you see the illuminated grid of the city you're leaving behind and then the profile of your nose reflected in the glass. All you know is that it's better to leave without saying goodbye. ⊞

Bolero

THE SONG CRIES ITS HEART OUT TO NO AVAIL AGAINST the distant murmur of the sea. Over and over, it repeats the rhythm and lyrics of the old bolero. *Viajera que vas, por cielo y por mar... Traveler who goes 'cross the sky and the sea...* Some people sing along with the lyrics, humming the melody. Floating above the song are the sounds of conversations and wine glasses clinking. No one dances on the terrace's glazed floor tiles. Someone says the steps for the *danzón* are very difficult. Ana stops following the beat of the music for a moment and says she'd like to learn it. Gabriel looks at her and continues humming the song in a low voice... *dejando en los corazones... leaving behind in hearts...* Ana dares to ask him, do you know all the lyrics? *It was my turn to love you, as well, to kiss you and then to lose you,* he sings by way of an answer. I like it, says Ana. But it's no use. The tune goes to waste as Gabriel's feet search out hers from where he is sitting and Ana's waist yearns for the support of a partner's hand in the small of her back. The two of them drink and gaze out at the thin line of white sea foam off in the distance.

Two couples have started to dance barefoot. Seaside vacations permit such informalities. The terrace of the house where they have gathered has become suffused with the placid, humid air of the coast and the well-being conferred by alcohol. Ana hadn't really felt like going to the beach with a bunch of strangers, but one of her mother's friends had invited them. Her mother almost never went anywhere, and Ana thought it would do her good.

Gabriel is a friend of the owner of this beach house in Jalisco. His wife is away visiting her parents in Lisbon, so he's there alone. Maga, the host's wife, insisted he come to enjoy himself this weekend when family and friends would be coming.

The waiting becomes painful. Two more couples start dancing. Ana also wants to, but she's not one of those women who is forward enough to ask men to dance. None of them inspire confidence in her, and what's more she wants the tall one with glasses to take her onto the dance floor, the one who knows the lyrics of the song and sneaks glances at her and laughs when their eyes meet just as she, too, is taking a quick peek at him.

Gabriel sees Ana's legs and thinks about how her body looks when she walks into the ocean alone. He talks with the others in the shade of the *palapas*, those rustic gazebos roofed with palm fronds, there by the seaside. But he doesn't dare to speak to Ana, who fascinates him. It's partly out of shyness and partly because he's a married man and here alone this weekend. He's not on the prowl for any flings. Of course, there's nothing wrong with speaking to a pretty woman, but he's afraid he'll want to continue the conversation on into the afternoon, through the sunset, and on into the next morning. That happens to him with certain kinds of women. So that's why he doesn't approach them, at least not in full view of a hundred eyewitnesses.

Mi luna y mi sol, irán tras de ti... My sun and my moon will follow in your footsteps... Somebody's pressed the repeat button, so that the bolero *Viajera* plays over and over again. Nobody seems to care. The dancers haven't stopped, and those who are chatting with each other continue to do so. Bit by bit, Ana and Gabriel join the conversations, without Gabriel once losing the beat of the music as he taps his fingers on his glass, and Ana looks every now and then at the people who are dancing.

Gabriel goes off to get himself another glass of wine and asks if anyone wants anything. No one answers. Ana waits for him to look directly at her. *Bring me a whisky, please.* When he returns, Gabriel holds out the drink and brushes Ana's fingers as they exchange glasses, the empty for the full. The situation makes them tense. Ana says a shy thank you, fragile and seductive. It's time for him to sit down next to Ana and talk. Everyone's talking. Ana feels comfortable with Gabriel next to her, and she no longer has to strain to catch snippets of conversation and make the occasional remark to keep from drifting away from the group, there between the terrace and the beach.

Maga in her beige polka-dot dress self-confidently asks Gabriel to dance. *It's my due as the hostess*, she says to Ana, as if begging her pardon.

Like a gentleman, Gabriel excuses himself and takes Maga by the waist. Ana should stand up now and tell him, you've chosen the wrong waist! Ana's gaze becomes lost between her drink that she's sipping too fast and the new couple on the dance floor. *No sé que será sin verte, no sé qué vendrá después... I don't know what will happen if I can't see you again, I don't know what will happen then...* Gabriel looks at Ana past the copper-colored hair of the hostess. Ana smiles softly, her expression seen only by the dancer who is holding the wrong waist and who, with a wry look, confirms that he knows it. After that complicit gesture, Ana can enjoy watching the couples. Gabriel dances well. Ana tries to imagine his scent, compares her height to his to triangulate how close her nose could get to Gabriel's long neck.

By the second repetition of the song, Ana becomes impatient. This is torture. She doesn't want to approach the group that's engaged in conversation just in case Gabriel reclaims the seat next to her. He does so, but this time, Maga comes along with him. She asks after Raquel and the children. When are they coming back? How you must miss her! But I'm sure you have no shortage of women admirers, she says. Uncomfortable, Ana goes to the ladies' room. The melody follows her... *the trembling of a song and later, a thousand disappointments...* She doesn't know whether perhaps it would be best for her to return to her room. They're leaving early tomorrow to go back to the city. When she exits the bathroom, she goes over to the bar and serves herself a soda. Gabriel comes over to pour himself another drink. Have you enjoyed the weekend? he asks to break the silence. Ana answers that she has, and they return to the table side by side, talking. Maga's no longer sitting where she was before. *It was my turn to love you, as well...*

Dance with me, Ana asks him suddenly. Gabriel's good breeding makes it impossible for him to say no. Then Ana's waist accepts the support of the hand that is leading her and the fingers that press firmly against her back. His rhythm on the glass and that of his feet on the earthen floor now are displayed harmoniously displayed on the dance floor and he takes command of the space, pushing the distant murmur of the tide into the background. The other figures on the terrace melt away, and now the two of them are alone on the dance floor. The subtle fragrance of Gabriel's neck, the shoulder that seems to offer her shelter, Ana's hair gathered at the nape of her neck, her feet cleave to the steps that the man lays out for her as if they were a famous dance team.

They don't realize the song is on its third repetition, and the others have begun to stare at them. The music stops. Ana and Gabriel turn toward Maga, who is the one who turned it off and who now says it's time to let the others get some sleep. Ana and Gabriel look at each other sadly. Gabriel strokes Ana's hand.

How well you danced with me, she says.

I haven't stopped dancing with you all night, he answers.

Maga asks everyone to collect their glasses, and there's nothing else to do but obey and vanish down their separate hallways on their way to their separate bedrooms. Finally, it's Maga who turns off the terrace lights.

Their flight leaves early. Ana appears in the foyer with her mother and looks toward the empty terrace. She yearns to say goodbye. *My sun and my moon will follow in your footsteps...* She smiles.

It seems they've forgotten to turn off the music, her mother says, unaware that Gabriel, asleep in a chair on the terrace, is the one who has pressed *repeat.* ⌗

Roberto's Mouth

THE CITY WAS A COUNTERPANE OF LIGHTS SPREAD BEFORE HER. Ileana calmed her wild heartbeat with brushstrokes, coaxing the shine from her jet-black hair. She took a little mirror out of her purse, defined the outlines of her dark eyes and applied a peachy blush to her cheeks. When he saw the photo, he said he liked her cheeks. Ileana regarded them now, imagining his eyes traveling across her on-screen image. And I, your lips, she had written. Ileana held the mirror in front of her own lips now and applied a peachy color to them, too. In a few minutes, those faraway lips, those lips that had been only points of light on a screen, would be right there in front of her. Warm, they'd move when Roberto spoke, stretch wide when he smiled, soften and swell when he kissed her. They'd be moist and pink against her brown skin.

And what if the mouth on the screen wasn't Roberto's mouth? No, that couldn't be. Because then, he'd never have written *come to me* when she told him she was fed up, that she couldn't bear one more minute there with her husband, her kids, her mother-in-law, her mother, her life. What's more, it was afterward that the photo appeared, when she said yes, we'll see each other in the next couple of weeks, thinking how she'd take a taxi to the bus station as soon as her husband dropped her off at yoga class. How will I know it's you? she'd asked. Will you speak the same way you write? Will you see me from a distance and walk towards me, whispering that you can't wait to nibble on my neck, that you're getting excited even as you write the word neck, that you write to me inspired by your erection, that you could never before have imagined the power of words to make your body tremble with excitement, to make your pants bulge and become moist?

It was then that the photo arrived. It was only eight days ago that Ileana for the first time came to know the face of the man who'd been visiting her chat room every day for the past several months. She told him she lived with a lot of people and speaking with anyone privately was impossible for her. Her very young children made her happy some-times, but that was it. Everything else was just tending to the house, her husband, the little ones, her figure, her par-ents, the kindergarten, the other mothers, the church and Sunday services, Sunday dinners with her mother-in-law and her sisters-in-law while the men played dominos. But what about her? Who knew what she thought, wanted, dreamed? Well, I do, Roberto wrote, soothing her. I know. Unbutton your pants and touch yourself. Imagine it's me. Imagine I know exactly where your dreams are. Your dreams are boiling rivers, and you abandon yourself to tides of undulating pleasure. You imagine that they turn you on, that they know you by touch, that they smell you and squeeze the loneliness out of you by sucking hard on your skin, by rubbing your nipples. I am your dream. I am the one who makes you lighter than air. And it was then that Ileana lost her mind. She discovered the language of desire. She exchanged her *I'm sad today* for *I was imagining that you penetrated me so hard I was pinned to the wall, that you left me bruised with pleasure, run through by your penis. I want you to hurt me.* Ileana hadn't known about the existence of magical words. The open sesame that banished her loneliness and discontent. *Openmeupagainandagain.* And they were real. Words had conspired to bring about this meeting. Though she hadn't said so to Roberto, Ileana was ready to leave everything behind for this language of salvation.

She took her exercise bag down from the overhead rack, tucked in her fitted blouse, smoothed her pants and, with the bag over one shoulder, she got off the bus. Now there was no way to slow her racing heart. As she passed through the turnstiles, she turned her head one way and then the other, searching for Roberto, of whom all she'd ever seen was his brown-skinned face, full lips, and dark slicked-back hair. She crept forward slowly, afraid of becoming lost among the throng of travelers. Slow and cautiously, like someone who wanted to be caught. She stood motionless in the center of the corridor, and then she saw him. Leaning against a pillar with his arms crossed across his chest, he was observing her. He smiled. Ileana froze. And if he wasn't Roberto? And if he was, why had he been watching instead of running over to greet her? Instead of offering her a model welcome complete with flowers and a liberating hug? They'd left the computer screen and arrived in the Vallejo bus terminal. His eyes looked her up and down insolently. Again, she wondered if it was Roberto trying to compare the face he was enjoying looking at now with the one made of megapixels. He was shorter than she'd imagined. Stocky. The head seemed to belong to a different body, a different neck. Her name appeared on his mouth: Ileana. Relieved, she smiled, and he walked over to her. There were no flowers or hugs, but as soon as he saw it was her, he proclaimed:

Here are the cheeks I want to lick.

Redeemed, Ileana took aim at his mouth and kissed the lips from the screen and confirmed the importance of temperature.

Roberto, I escaped.

You escaped from the screen. You're just like the photo you sent me.

I sent mine before you sent me yours.

You were sure of your good looks, he said teasing her. I didn't know if you'd like me or not.

They started walking towards the exit. Ileana stopped him and turned him around to face her. They were the same height and had the same color hair.

It was your mouth that convinced me. And it's the same one you have on your face.

Perhaps you thought I'd send a fake picture?

It happens on the internet.

My car's in the parking deck. Don't you have any luggage?

I'm at my yoga class, she said, laughing.

You were. I doubt it lasts four hours.

Perhaps you're not planning to take me to a yoga class?

Ileana was groping for the verbal stimulation that was their familiar territory. But Roberto looked nervous.

You're not going to call the cops, right? Are you sure you're at least eighteen?

Are you backing out, or what? You told me to come.

So that you'd come, Roberto teased.

That's right, laughed Ileana, enjoying the sexual frankness she'd discovered with Roberto.

In the car? asked Ileana as she settled into the front seat of the Tsuru.

Roberto started up the car and answered, I prefer a hotel.

A hotel? Why not your house? I want to listen to music while you make love to me. The music you sent me.

Anything goes in a hotel. You won't be Ileana visiting my house and I won't be Roberto who lives there surrounded by things...

Well, what sort of things do you have there? Ileana interrupted him. Pornographic art? Stuffed animals?

I have taxidermied animals, he joked.

Liar.

I'm a hunter and I don't think you'd enjoy my zebras and lions looking at you while I eat you. It might give them ideas.

Ileana thrust her hand into her bag to fish out the ringing cell phone. She let it ring and glanced at the number.

Is it the cops? Roberto asked.

It's a good thing the battery's going to die soon, Ileana said without acknowledging his question. I've never felt so light, she said, gazing out at the avenue. Look, just like those cars flying by. No baggage, no obligations, with Roberto and a way forward.

A way forward? Roberto asked. More like a hotel.

It's the same thing.

Roberto took a little bottle out of the door panel and passed it to Ileana.

A little shot of rum never hurts.

Ileana removed the cap and took a sip. The smell of rum went well with her idea of lightness.

I thought you'd be a bit smaller, Roberto said to her after watching her taking a long sip.

Are you calling me fat?

I didn't say that. I prefer meat to bones.

I thought you were taller.

Do I look like a dwarf to you?

No, it's just that faces don't tell you anything about the body. They leave it all to the imagination.

Did you imagine my cock in you? Roberto inquired, taking a swig from the rum with one hand and then returning the bottle to Ileana.

I will feel it inside me, Ileana said confidently, her eyes half-closed.

Did you think about my cock while your husband was doing it to you?

Ileana looked at him, annoyed.

Why do you have to bring up my husband?

Because you have one.

But he wasn't invited to our chat.

But you fucked him afterwards, right?

I didn't come here to talk about him. I came to get rid of him.

Did you fuck him and think about me?

Roberto held out his hand, asking for his measure of rum.

Aren't we at the hotel yet? Ileana interrupted him, irritated.

Or didn't you fuck at all? How long's it been since you fucked?

Ileana took another swig off the bottle and aimed her hand at Roberto's groin. She grabbed it roughly and was surprised to discover the hardness of his member.

What do you care? You're the one who's going to fuck me now.

He came immediately, didn't he? He didn't even give you time to get your engine running.

And you? Ileana said to him, furious and stroking him hard. Are you going to come in the car or are you going to make it to the hotel?

Roberto pushed Ileana's head down hard.

Take it out, he ordered.

Here? she said looking up at the windows.

What do you think, you little hottie?

Ileana lowered the zipper of his pants, searched for Roberto's warm, thick member, and covered it with her lips, her tongue, her palate.

Roberto's voice reached Ileana through the noise of her tongue on his turgid penis.

You got a room?

Ileana tried to pull away and raise her head. She felt she was being watched. But Roberto grabbed her hair tight and pushed her down, suffocating her. Ileana felt the car start moving again and then stop.

Roberto pushed her away and sought her lips. He kissed her.

He adjusted his pants and walked around the car to open Ileana's door. He took her by the hand and pulled her inside the hotel room. He threw her onto the bed, and he told her she was beautiful, that it was an honor to be there with her.

Stunned, Ileana looked at the space around her. A small room, the television in a corner near the ceiling. Deep purple curtains the same color as the bedspread. On the bureau, a roll of toilet paper that was reflected in the mirror. An odor of humidity and cigarette smoke.

A short-stay motel, Roberto said by way of explanation.

I've never been in one.

Never? You mean you were a virgin when you married your first boyfriend?

Again, Ileana rummaged for the cell phone she heard ringing inside her bag. But instead, Roberto answered his.

Later, he said. I don't know.

You can't get away for even a day, he said to Ileana who was looking at him in astonishment.

Well I did. You don't have another date, do you?

I have a date with a girl, he said, going over and embracing her. See, I write to her every day and I can't quit. Her words turn me on. I think about her naked in my bed.

Ileana looked at him, smiling.

I hope she's online right now.

Roberto turned his back to her and sat on the bed, leaning his spine against hers and, pretending to type on the keyboard, he said out loud:

Gazelle?

Taurus? she answered, playing along with their screen names.

Look at yourself in the mirror, Gazelle, look how beautiful your cheeks are.

You make them beautiful.

No one's ever done that to you before?

No one. I want you to touch them with your tongue.

I touch them with my tongue. Lick your fingers and touch your cheeks with them.

Ileana did as Roberto directed her while she gazed at herself in the mirror.

Now I want you to take off your t-shirt. What are your breasts and waist like?

Ileana took her blouse off and tossed it onto the bureau.

Like a stone sculpture. Strong. My breasts are close together and they make a line, Ileana answered, staring at her own waist and her dark bra.

Brush your hand across your cleavage and now stick your finger in between your breasts.

I'm doing it, Ileana confirmed.

Now feel for your right nipple and touch it with your wet finger. Do you like that?

I love it, Ileana answered looking at her swollen nipple pushing up through the bra.

Take off your bra.

Ileana unhooked it as if Roberto's back weren't there, pressing against hers.

What are your nipples like?

Purple and big.

And are they erect?

They're like wooden spikes.

Just like my penis. My penis is a wooden spike that wants to thrust against your nipples like a sword.

Delighted, Ileana rubbed her breasts, squeezed her nipples until they hurt and began to breathe harder.

Without Roberto telling her, she unbuttoned her pants and stuck her hand beneath her underwear. She dipped her finger into her slippery vagina. The mirror reflected back the image of her contorted face, lost in the throbbing of her clitoris.

Roberto, make love to me.

Roberto watched her in the mirror while she touched herself. He undressed while Ileana kept her eyes glued to the mirror. Then he pushed her over onto the bed and penetrated her violently, eagerly. He squashed her, he touched her, he turned her over and exchanged words for thrusting and sucking, gasps and a racing heart, for moans and then the final explosion.

Undone, Ileana lay on the purple bedspread. Stretched out. Stunned with pleasure. Her telephone rang, but Ileana ignored it. Roberto's phone rang and he reached for it clumsily.

Later, I already told you. Yeah, yeah, the meeting.

Ileana emerged from her stupor and clung to Roberto's body, curling up against him.

Later? You're going to be making love to me later.

Yes, said Roberto, stroking her hair. Your jet-black hair. That's how the cops will be looking for you. Missing woman. Has jet-black hair, well-defined cheekbones, voluptuous hips and breasts.

Are you going to make love to me again?

Later, Roberto answered her. When I get back.

When you get back?

I'm going home and coming back in the morning.

Let's both go. Then I'll be able to see your animals without them eating me, Ileana said, her voice husky and her face buried between the pillow and Roberto's shoulder.

It's impossible, Ileana. I'm married, too.

Ileana opened her eyes.

Married? You never told me that.

I didn't think it was necessary.

But I told you from the very start.

I didn't think we'd ever see each other. It upset me to talk about my wife. What's more, I have nothing bad to say about her. She's a good person.

Ileana flipped over abruptly, turning her back to Roberto. He sat up and took her face in his hands.

It was a game.

A game that excludes good people.

Roberto tried to kiss her face.

We were playing at truth, Ileana declared.

The truth of our desire for each other, Roberto answered, running his hand across her breasts.

I escaped, Roberto.

You escaped on the screen every day, just like me.

You told me to come.

It was harder for us to see each other in your city.

You tricked me. And I got away for real.

I didn't force you to.

And how did you imagine I could come here without leaving for good? Ileana removed the hand that was softly stroking her waist.

I thought you'd make something up, but nothing permanent.

Roberto looked at his watch, stood up and began to dress.

I'll be back later.

You're leaving me in a short-stay motel.

I'll be back later. We'll have a good time and then I'll take you back to the bus station. You can tell them whatever you want at home.

Roberto tried to find her lips to kiss her but failed.

I'll bring you something for breakfast, he said before leaving the room.

Ileana no longer answered him. Dwarf, she muttered. She covered her naked torso with the purple bedspread and stayed there contemplating the bare walls. She heard Roberto's car start up and later the panting bodies in the next room. Someone flushed a toilet. She took a pack of cigarettes out of her bag and couldn't find a lighter. She found a pack of matches in the room. It was the same color as the curtains. She read the name of the hotel: The House of Enchantment. She looked at herself in the mirror, disheveled and alone, smoking in that strange room. Her cell phone rang, and she recognized the number on the screen and threw her bag across the room. Then she remembered that the battery was almost dead and retrieved it, anxious. She dialed.

Joaquín, they kidnapped me. I'll explain everything later. I'm in Mexico City. Write this down: House of Enchantment. Presa Atoyac Street, number 29. Come as quick as you can.

Ileana checked the time on her watch. It was three in the morning. She smiled and settled in to wait for breakfast. ⊞

Thursdays

I SHOULDN'T HAVE DONE IT. BUT I COULDN'T HELP IT. For me, all it took was to see them walk in with that excited yet guarded stride, she with her voluptuous figure and long, shapely legs and he, tall and slender, his gaze shielded behind dark glasses and his arm firmly wrapped around her waist. I caught sight of them from behind the half-open door of another room as they passed through the dark hallway, and, after they slipped by, I felt relieved that they were the same ones as always. The ones from Thursdays at five o'clock, the ones from Room 39. The weekly routine comforted me. In the whirlwind of hook-ups I saw every afternoon, that stitching together of Thursday after Thursday with love and desire was the essence of continuity. Who could be like them and steal away for a few hours in the afternoon, sometimes for just one hour, to find real sweetness in someone else's arms? Who might be able to forget all about Chino, Nachito and Lola, and the smell of beans simmering and instead, with their legs sheathed in silky stockings, permit themselves a lingering touch on a calf or a thigh with the exquisite attention of someone measuring and investigating the world of forms? Who could be the object of such mutual and consummated desire?

I never used to think like this, nor did I even really see my own legs. They were just good for getting me around. I hadn't grasped how undesired I was while I was witnessing the endless series of casual couples that wandered through these hallways, their moans muffled behind closed doors. But now I understood that just having a husband was no solace. Because if it were, why would the couple from Room 39 always return to reenact their inevitable coupling? Why would they come here once a week if they had some other option? Why the dark glasses? Why that specific time of day? Why were they in such a hurry?

At seven o'clock in the evening, the door to Room 39 opened. He glanced down the hallway and let the woman know the coast was clear. I returned to observe them, this time from behind, as they held hands in a lingering goodbye to prolong the rendezvous. I was making it last, too, and I'd dare to come a bit closer to the stairwell so I could watch their heads descend to the first-floor hallway that opened out onto the street. I hurried back to their room. I didn't want Teresa to beat me to it, because she did her rounds at the same time of day on the same floor. I would close the door behind me and take a look around at the mess, the same mess that in other rooms inspired weariness in me, sometimes even disgust. But there, I would fling myself face down on the bed and breath in all the aromas trapped in the used sheets. I extracted the smell of her perfume, like fresh-cut grass, and his woodsy aftershave.

I breathed in the sweat that dampened those over-laundered scraps of cloth and I'd find the traces of semen that escaped from the woman's filled, satiated vagina. Lying on that used sheet, my heart would beat wildly, and a rush of blood sent me into ecstasies. There, amid the evidence, I took part in the love ritual.

After a while, I would emerge into the shadowy hallway and deposit the bundle of sheets with more delicacy than usual into the basket overflowing with linens. I was deeply grateful for these weekly visits, and I opposed any change of my work schedule or floor. Those months had turned into a succession of pleasurable Thursdays. That's why I dared. When I first took the job, my boss emphasized the importance of discretion and never having contact with the clients. Avoid being seen, never speak to them. But I wanted to do something to show them how happy I was they were there, like at a wedding when you hug the newlyweds with all your heart. That's when I had the idea of the flower. The other maids teased me that a beau had given it to me. Nacho was so romantic, they joked.

It was a coral pink rosebud, just about to fully open. At four-thirty, the room was vacated by the previous clients, and I rushed in to clean it, planning not to leave until just before the hour. I didn't want to risk some other couple occupying that room, although I knew Tomás at the front desk already had instructions to make sure it was free every Thursday at five. I filled a glass with water, put the rose in it, and placed it on the scratched-up dresser. The rose was reflected in the mirror, and the bare walls and mattress marked with cigarette burns became tinted with the blushing color of the blossom. I breathed in the perfume of the flower that would celebrate the event this time, mingling its scent with the vapors and secretions of the lovers' bodies. I left at one minute to five, excited and also a bit nervous about the invasion that impinged on the couple's well-guarded anonymity. I put my trust in God, who, after all, had placed them in my path. During their two hours of lovemaking, my heart was all aflutter. I made beds, replaced toilet paper, and put clean towels in the other bathrooms, swept and walked around. And all the while, the image of the fresh, pink rose witnessing their naked bodies and their total surrender to each other stayed with me as if it were my feet in that glass of water.

I heard the sound of the door opening, and I peeked out from another room. I noticed that his gaze studied the hallway with greater caution. I took a deep breath and suppressed the temptation to run over and introduce myself, to confess that I was the rose-lady and that I hoped that I hadn't bothered them. I clenched my fists, not daring to watch as they disappeared at the bottom of the stairs. I went into the room. The same offering of disarray. Beneath the glass, now without the flower, was a fifty-peso bill. It was a kind of answer. I took it. After basking in the familiar aromas and the ritual to which I had added my rose, I walked out excitedly with the bundle clasped to my chest, only to then leave it regretfully in the pile of other stained sheets.

The following Thursday, five-thirty came and the people from Room 39 didn't show up. Still hopeful, I guessed there had been some slight mishap. But the next Thursday confirmed that the routine had been broken. Even so, I clung to the possibility that there had been a schedule change, a shift of location. Maybe she had a husband who had found her out or he had a wife who had gotten in the way. Maybe someone was sick, maybe someone had died. Maybe.

Ever since then, used sheets are a torture and a penance for me. And the smell of roses makes me sick. ⚑

What's There to Come Back to?

WHEN A WOMAN LEAVES HOME, YOU SHOULDN'T LET HER back in. But how was I supposed to ignore her when she was out there all night? She knocked, and I said, *Who's there?* I told her, *Go away.* She didn't say anything. I heard her wool coat rub against the wooden door as she slid down to a sitting position on the step. I imagined her hugging the suitcase she'd left with, that big weekend bag, the one we used on those very rare occasions when it occurred to us to get out of the city. I threw eggs into the frying pan, and the sizzling oil drowned out the sound of her blowing her nose. It was November, and at this altitude it's always cold at night, and she gets all stuffed up from it. I took the eggs out of the pan and put them on a plate with a slice of ham—the last slice. Since she left, I buy very little. I never did the shopping before, and at first, I'd order a half kilo, but after a week, when I had to throw out most of the cold cuts because they'd gone all slimy and green, I realized that a hundred grams was enough. I started to enjoy going to the supermarket. It was clean and well-lit. At home, I only turned on the lights in the TV room and the bedroom. I no longer turned on the little lantern at the front door where Marta was now huddled in the shadows.

I attacked the yolks with a piece of bread, and then gazed deeply into the yellow magma as it slid into the coagulated whites. It annoyed me to hear her breathing out there. We never should have bought this house with its cheap materials. You can hear everything. When we moved here, we could even hear the neighbors flush the toilet, and with our last unmarried kid still living with us, we would all play at guessing who had done it. Marta would laugh. Back then, with Julian at home, she used to laugh a lot. He spoiled her, and she did the same to him. Girls. It would have been easier if we'd had a girl to spoil *me*. I always suspected that the son-of-a-bitch she left me for was just like Julian: cheerful, affectionate. But flattery and the lingering embrace are not my cup of tea. For me, a penetrating look is enough, like when I said goodbye to Marta as she was taking her brown coat.

"You're not going to stop me?" she asked, hurt.

"You want to leave. There's nothing to be done about it."

"Maybe you think that it's paradise living here with you?"

"It's just here, with me."

Why was she there now on the other side of the door? Three months of separation weren't enough to mend my soul. The pain kept bubbling up in me like the yolks that I wolfed down as if to eradicate the inevitability of her return with my jaws.

If she's a bitch, let her sleep like a bitch, I thought, finishing off the beer I drank every night to get to sleep. It's hard not to indulge in melodrama and to accept how difficult it is to sleep without Marta's body next to me every night, without her smell of creams and dried-up woman. I felt a shameless desire to say goodnight to her as I shuffled upstairs in my slippered feet.

Didn't she leave for love? Didn't she have the integrity to wound me with the truth? *You need a guy to be with, right? You're good for nothing by yourself.* I wasn't good for anything by myself, either. That's what I resented. I hated her for being gone, I hated her for humiliating herself right there behind the door, and I hated her for wanting to come back to me. She had betrayed me. No, not when she left. Even in my pain, I admired her openness to change, her attitude of every man for himself. Maybe life could've become more joyful. But she'd chosen this shared death again. Because habit protects and obliterates, and tacit understandings fill the silences. One becomes like a subscriber to life, saddled with a predetermined fate, unable to choose one thing over another.

The bed is cold, frozen, like beds always are when we mistreat them. But it's also wrinkled and full of crumbs, deprived of the kindnesses Marta used to bestow on the sheets that once awaited our peaceful slumber. It was enemy territory. Life has become enemy territory for me. At first, I was angry enough to think about finding her and duking it out with my rival. But it was she who'd left, and my punches weren't for the guy who'd offered her a transitory stop along the way. Maybe that's what love is, train platforms on a long journey. There are people who never leave the station. They're always missing something in their suitcases. Marta had gone off so sad that she'd forgotten her suitcase altogether. Not triumphant but broken. She couldn't get angry with me, she never could, even when I greeted her chatter about the book club or jazz class with silence.

What's there to come back to? Did she reassess? Did the hunk turn out to be not so hunky after all? Does he have bad breath? Is he grumpy in the morning? She's come back to grow old with me. To contend with being sixty, with the silence, the postscript after thirty-five years of marriage. I hate her. May she die of cold. May she sniffle and blow all night long, and may the snot turn into stalactites on her sore, red nose.

Fried eggs again for breakfast, the TV news. I think she's gone. Maybe she froze to death. Maybe we both froze to death. Marta always shouted: *A sweater, Victor, don't forget to take a sweater!* I wasn't a child, but I put it on, reluctantly. Wives turn into mothers, husbands become children. Julian and I never got along. One day, he told me he was going to take his mother out to dinner. *You don't like to go out at night, Pop.*

They came back laughing, stinking of wine. I didn't speak to them the next day. *You have bad breath*, I told them. No doubt, there behind the door, Marta would have that sour, up-all-night breath. The yellow lava once again flowed out onto the egg white, and I trapped it with a piece of stale bread. Then I heard her move. She heard my slippers brushing against the floor and dared to call out to me.

Victor, please.

There are bitches that live indoors, too, I thought, and I opened the door she was leaning against. She lost her balance and fell backwards onto the floor. Without looking at her, I returned to the table. *Thank you, Victor,* she said, as she patted her hair back into place. Clutching her bag and hugging her coat around her, she stood there, shaking off the night's chill. *I don't know how to be without you.*

Her first steps were uncertain. She asked permission to make herself some breakfast, to shower, to watch TV with me, to call Julian. The circles under her eyes, the fear, and the meekness slowly began to disappear, until she became the lady of the house again, just like always. Nothing changed. It was just that, occasionally, when I'd look at her flabby arms sticking out of her flowered blouse, I'd imagine them wrapped around another body, and then I hated her. I'd hear her laugh at something on the TV, and her happiness reminded me of the bed that had been wrinkled for three months, and her laughter that had been somewhere else. How she must have laughed it up! We never talked about our relationship. Silence as habit, and habit, in silence, finally put all the pieces back in their places again.

We rarely looked at each other directly, and we didn't make love anymore. Marta didn't dare to call a halt to my punishment of her, and I didn't want to stir up hard feelings. One morning at breakfast, staring at the sunny egg yolk on my plate, Marta reached out her hand lovingly and touched my forearm. *I need your caresses, Victor.* That That was all it took. was all it took. I gripped my fork and speared the hand that had touched me, pinning it to the table.

Now the silence is complete. She strokes her damaged hand when we have breakfast, when we watch TV, when we sleep, and when she absently gazes at the door that I once opened to her. 丏

Ladies Bar

To Jorge

IF HER PARENTS SAW HER, THEY'D BE SHOCKED.
She is, to avoid using the word respectable, a *good* girl. Accustomed to going to elegant venues where a certain class of people gathers. She has a taste for niceties, like men who stand up when she comes to the table and compliment her on her tasteful, discreet wristwatch. Like when the man she's out with orders the most expensive items on the menu for both of them and then asks for her approval. She's not the kind of girl who would know anything about short-stay hotels or cheap bars, at least that's what her parents think. From them, she hides that time she visited one of those garage-motels that have curtains to hide your car from view and that reek of the acrid odor of disinfectant, making the sex both impulsive and furtive for everybody.

Today she walks with Eduardo into the Florida bar, on a corner of the city's downtown. They've already visited a museum and walked along certain recently restored streets with buildings that have distinctive facades, which reveal an older city of canals and commerce. They've visited the historic La Merced convent and gone into ecstasies over its carved columns and majestic private cloister. It's not as if the place were normally open to the public, but the se-

curity guard, sensitive to the wishes of the strolling couple, allowed them to enter in exchange for a spontaneous,
voluntary contribution. Smart of him, because after catch-
ing a glimpse of that lacey stonework and unexpected se-
clusion just a few feet from Roldán Street with its vendors'
heaps of purple, brown, and yellow fried chilis, they don't
hesitate to demonstrate their gratitude for the privilege
and consideration. Were it open to the public, they wouldn't
have had the pleasure of being the only people walking
through the convent where, as Eduardo read somewhere,
the famous painter Dr. Atl lived for a while. No doubt it
was in the same state of neglect back then, too.

This simple walk has excited them as if they were set-
ting foot in some forbidden city. Their city's forbidden city,
like discovering a secret pleasure point on the body of
someone you've lived with for a long time. That's why her
ears perked up when they walked past the Florida, and
Eduardo told her that when he was a teenager, he used to
gaze at that bar and its plain entrance, which betrayed
nothing of what went on inside. Back then as now, it had a
sign that caught his eye: Ladies Bar. From where he stood
on the sidewalk across the street, he told her, he used to
imagine the women, their sinuous bodies, slender waists,
low-cut tops, lacquered nails, and full lips. Sloe-eyed wom-
en, sated with pleasure, women with curvaceous figures
and swaying hips. Fascinated, Mayra listened to him. This
was an Eduardo she didn't know. Eduardo said that at six-

teen he couldn't go in and he had no one to share his fantasies with. His mother's job was not far from there, and when he went to pick her up after work, he allowed himself extra time to stand there looking in from the outside. A man in a suit walked out straightening his tie. Another one emerged, stumbling drunk. But he never saw a woman hanging on anyone's arm. The women who, in Eduardo's imagination, would look like Catherine Deneuve in *Belle de Jour*. Elegant yet seductive. Demure yet stunning. Ah! Eduardo savored the memory as if he hadn't left that sixteen-year-old boy too far behind. And Mayra observed him, trying to find a way into that desire that had captured him back then. She wanted to accompany him to the heart of his fantasies, to the stimulation of that sign, Ladies Bar. She imagined him at night, eagerly stroking his sex, dedicating his orgasms to unattainable women. The mental picture of that horny young man turned her on.

Come on, she said, dragging him towards the Florida. Nothing's stopping you now!

Eduardo looked up and down the street. The afternoon shadows were lengthening, and it was true: except for his feeling that it was no place for Mayra, there was no one to stop him now. But what about you? *¿Pero tú?* He tried to object. I want to get a look at those women myself, Mayra insisted as they charged across the threshold that opened onto a small room with a dull-looking bar in the back and an old jukebox opposite a tiny dance floor. At first, Mayra was disappointed. She felt as if she were in a small town. It was an ordinary bar where any thought of adventure was inconceivable. It had nothing of that mysterious aura Eduardo had fantasized about. They sat down at the first table they found, near both the dance floor and the street, close to the jukebox.

And that's when they saw them.

They didn't have their hair in tall up-dos, and they weren't wearing dangly earrings, lots of eyeliner, or lip gloss. They weren't wasp-waisted or big-hipped. But they wore tight mini-skirts that emphasized sturdy, inviting legs, strong shafts that promised a moist paradise just above the hem. Mayra looked at them to her heart's content because in such a place it was permissible to stare. They're *ficheras*, Eduardo told her. B-girls. Mayra mentally reviewed the Mexican movies where she had first learned about the profession, and she was sorry these women didn't measure up to those tough, slum-dwelling types. She decided the place was short on squalor.

A man in the corner buried his face in the shoulder of a girl who allowed his other hand to move back and forth along her legs in a way that was at once insolent and reverent. Mayra gazed at those fingers offering their undesired performance, astonished at the lack of inhibition. Eduardo ordered two vodkas from the waiter. Beer would have been better, as Mayra had learned when she went to venues where the alcohol was of unknown provenance, but her excitement didn't leave room for caution. She took the vodka and drank because, with so many naked legs swirling around, she needed something to regain her composure.

Cheers, said Eduardo. Don't tell your parents. He treated her like a little girl, though she was almost thirty.

Don't tell your son, either, she said, mocking him. Eduardo was older and had a child from his previous marriage.

Here's to your sweet legs, he said.

Eduardo became hypnotized by the hem of a short girl's skirt. She was dancing near him with a man who was leading her around the floor with a certain panache, more to show off his own skill than out of desire for his partner. Mayra saw Eduardo's gaze lick the contours of those thighs. She saw him scan the woman's waist all the way up to her neck, where her long, dark hair fell, obscuring the outline of her cleavage. She didn't know whether it was their proximity to the little dance floor that made them feel obligated to watch those super-tight skirts and the legs that emerged from them as if the skirt were a formality, a mere loincloth over the dark sex that was sweating just beneath as the couple danced.

They're not like you imagined, are they? she asked Eduardo.

No, he answered curtly, taking another sip of his vodka and peeking out from behind the cold, wet windowpane of his glass.

Mayra imagined the *fichera* and her sturdy legs settling down onto Eduardo's lap. She imagined Eduardo's sex becoming aroused by the friction of those thighs and that come-hither hemline. How would she, Mayra, look in a skirt as short and tight as that? Just imagining the feeling of that close-fitting article of clothing excited her. No doubt she would attract some looks from the men. Surely Eduardo's hand would explore between Mayra's legs. There would be men who got hard just looking at her and her skirt.

Maybe you'd like a lap dance? Mayra teased him. She knew Eduardo wouldn't do anything so daring because she, the good girl, was here under his protection, because, she guessed, enjoying himself by getting it on with another woman was the very last thing Eduardo would allow himself. The *fichera* sensed the couple's attention and pressed herself even closer to her partner, who spun her around like a top. He bent their two bodies over so that they were practically touching the table, so that Eduardo could get a really good look at her luscious dark legs, so that Mayra might see Eduardo licking his own lips because he couldn't lick the other woman's skin. Mayra wanted to be the girl in the skirt.

Someone must have sensed her wish, because it wasn't the man sitting at the corner table who was stroking the short *fichera*'s legs, nor the one dancing with two middle-aged ladies, who came to this place to assuage their loneliness by dancing. It was instead the waiter, that funny guy who had already come over to inquire if the couple wanted to dance and who now returned to ask, would the gentleman mind if he had this dance with the lady? A dancing waiter, a harmless flunky whose job was to get the party going, who, as soon as Mayra set foot on the dance floor, overstepped his role of delivering drinks and collecting tips, making her spin and twist, taking her by the waist and steering her around with an obscene confidence that at first annoyed Mayra, a feeling she then forgot because when she looked over to seek Eduardo's approval, his eyes smiled back at her. The *ficheras*, with their sturdy legs and mini-skirts, formed a circle around her, the best and most demonstrative one getting very close. Yeah, that's how you do it! And Mayra raised her arms and shook her body as if the wild rhythm had seeped into her pores. Mayra closing her eyes and opening them in the midst of the shouts of Yeah, baby! Do it! And the gyrations of those excited women, accomplices to this debauchery stolen from passing pedestrians amidst the squalor, as much in another world on the other side of the door as Eduardo had been at sixteen. And then Mayra walked right into Eduardo's fantasies. Set upon by the men and women that surrounded her, by the women who grabbed her by the waist and then released her, by the men who were tugging on her arms and making her body spin like a top, by those bodies aflame with pleasure and impudence, she felt herself become all the women who had transported Eduardo into ecstasies when he was sixteen, those women with their lace panties, musky perfumes, artful coquetry, and soft, plum-colored lips. Mayra was all the women Eduardo could once only dream of out there on his island-sidewalk across Revillagigedo street as he waited for his mother to leave work. Mayra now achieved the status of the unattainable woman thanks to the lewd ways of these impetuous men and women. She watched the woman who had danced next to their table approach her like a charging bull, and she realized she desired her as much as Eduardo did. And that here, amidst these volcanic spirits, she became both man and girl. Both desired and desiring. She wanted to touch beneath that skirt, to explore the viscous moisture the woman was offering to her, to Eduardo, to the man dancing with Mayra, to the man who now put a slow song by José José on the jukebox to dampen the fire, to apply a bolero like *Gavilán o Paloma* to the scene, to put the brakes on Mayra's soaring flight.

And when she caught her breath again and adjusted her dress that now was twisted and revealing more cleavage than usual, she looked for Eduardo at the table and suddenly became aware she had forgotten all about him. And a man came over to ask for the next dance, to take her by the waist and glue himself to her body where her sex was now throbbing for relief. The good girl tried to slip away, seeking Eduardo's protection, first at their now-empty table and then within the circle of dancers who had by then forgotten all about her. But the hand took hold of her and lead her off to a dark corner.

Don't worry, honey, he said. We come here to leave everything behind. ⌖

Señora Lara

SEÑORA LARA NO LONGER TOOK PLEASURE IN HER VIEW. The branches of the tree in her neighbor's yard had grown so thick that they blocked the daylight and cast her living room into shadow. That was where she liked to sit during the afternoons. Although she'd been living alone for three years, she took good care of herself, gathering her hair up on her head in a way that emphasized her neck and putting on a touch of makeup, just enough to feel good about herself. She'd been a handsome woman in a comfortable marriage until Jaime lost his mind and left her for a younger woman, almost the age of their own daughter. She stayed in the two-floor house with the balcony from which she could enjoy the view of all her neighbors' yards. The living room and her bedroom were in the back of the house overlooking the Aguirre's garden.

If there was one thing that upset Señora Lara, it was the afternoon gloom she felt when she'd sit down with her coffee and toast, a book in her hands. At first, it wasn't clear to her what was eclipsing her mood. It had something to do with the ongoing growth of a branch. When spring came, it became plain to see that it was indeed the brown branch covered with tender, green leaves that was taking up so much space. It practically split the window in two and now the light barely filtered through its palmate leaves. It's not as if I don't like trees, Señora Lara said, excusing herself. When she identified the reason for the darkness in the living room, she shared her observation with Celia, the woman who'd been her cleaning lady for a good many years. Over the next few afternoons she couldn't stop thinking about it. There was only one solution: to speak with the Aguirre family. Speak with them? Would they even open the door to her or let her into their home? Señor Aguirre was a politician, and there were always men in dark suits and a black car in front of their house, which was just around the corner. She didn't feel like ringing the doorbell just to get a *no*. She wasn't begging, she was just asking in a friendly way for them to share her concern. And for that to happen, it would be indispensable for them to see firsthand the view from her house, for them to understand how it might be that a beautiful branch covered in leaves was upsetting to her. She would write them a letter asking them to cut the branch and to come to her house and sit in her living room themselves—she'd invite them to coffee—so that they might understand what she was talking about. They, who owned such a tall and leafy tree, one that brought a hint of green to their home, shouldn't imagine that mutilating it gave her any pleasure. But the sunlight was her joy, her warmth. She'd lived for some years in southern Spain, and she loved the whiteness of everything there.

Back in Andalucía, she'd been happy. Newly married, drinking wine with Jaime in the afternoons after he came home from his hotel manager job. She used to paint on their little balcony that overlooked the alleys and the other balconies, and she'd taken such delight in the whiteness of the houses, the whiteness of the women's shoes and their smiles, the whiteness of the sheets where she and Jaime lay spooning, holding each other on weekend mornings and making love. She wouldn't speak to the Aguirres about the whiteness of things in her letter, nor about how in those days she'd luxuriated in the proximity of Jaime's body to her own toned body, aching with desire. She didn't care for melancholy because it made her vulnerable, and she was sick of feeling sad. You can only bear a certain amount of sorrow and then after a while you accept reality and milk whatever goodness you can out of it. There's always something good to be found. Even in milking, whiteness prevailed.

She went over to the secretary desk she and Jaime had bought in an antique store and took out a piece of paper. It was fortunate she still had some, since she no longer counted writing among her habits. If she wished to say something to her son or daughter, she called them. Her granddaughter was out of the country, and she'd only written a letter to her once. She was by no means sure what to write to a teenager to avoid boring her. When the girl didn't answer, she was sure she had annoyed her with her lack of interesting news. It was a good thing she wasn't writing to her now, because then she'd just ramble on about the branch and the dim light now filtering through the living room window where Miranda once crawled across the carpet when her parents left her in her *abuela*'s care. Her daughter had tried to comfort her, saying that young people didn't write letters anymore, that they used the computer instead. That's why now and then her daughter would read her the parts of the emails she received from Miranda that were meant for her *abuela*. By way of answering, at some point *abuela* had surprised her granddaughter with a phone call. She was a cheerful young woman. Her voice had light in it. Just like her own voice when she was young, when Jaime and David fell in love with her at the same time and the two of them sent her flowers, visited, and paid her lovely compliments. One day, the two young men ran into each other at the front door of the house, forcing her to make a decision. She chose Jaime, who was talkative and impetuous, and she bet the farm on his way of being. Passion has its price, and it's always unpredictable. Jaime couldn't stay still or remain in the same place for long. But he'd done it, staying by her side for thirty-five years. At a certain age, change may require somebody else's blood and determination to make you stop clinging to the furniture, the homes, the kids and grandkids, the certainty of death, and the unchanging view from your window.

Señora Lara wrote: Dear Señora and Señor Aguirre, I am your neighbor who lives on the other side of your garden wall, and it is in fact the tree growing along that dividing wall that is the reason for my letter. One of the branches has grown so much that it now blocks the daylight from coming into my room. Perhaps you will think I am exaggerating the problem, but I would be very grateful if you would accept an invitation to coffee in my living room on the afternoon of your choice so that you might better understand my concern. It is not some whim of mine, but lately this room in which I spend my afternoons gives me the feeling of being in a hole. I would be happy to welcome you at my home and to pay whatever gardening cost is involved in cutting the branch. Here is my telephone number, but please feel free to simply knock on my door. I am usually here. Thanking you for your kind attention, Señora Lara.

She read the draft several times, adding and subtracting words and feeling afraid that her request would make them think that she was a lonely, obsessive old woman. She knew that sort. There were always some around who complained about parties, open windows, and barking dogs. The ones that hated teenagers, people who laughed, and anything in life that was fancy-free and made noise. She'd had to deal with one of them with her own children, even with her own mother when their neighbor complained about the amount of time she'd lingered at the front door one night making out with her boyfriend. It wasn't Jaime then; it was her first boyfriend who kissed her and rubbed her breasts through her blouse, right there against the door, in the middle of the street, protected, or so they thought, by the the darkness of the night.

When she was satisfied the letter was as friendly, clear, and convincing as it could be, she went personally to the Aguirres' door, which was flanked by the black car. She explained to the dark-suited men who she was and gave them the envelope. They wrote her name in a little book and made her sign it. She felt relieved that the delivery of the letter had been recorded. Her own misgivings about the chestnut tree's exuberant growth was also recorded in her request.

A week passed. There was no phone call, no knock at the door, no letter saying yes or no. Silence. She couldn't just sit there with her arms folded across her blue cashmere sweater, suffocating in that black hole. Coffee no longer tasted good to her. Her horizon had been reduced to such a degree that she was no longer comforted by the other houses' gardens, that unbroken continuity of the city's trees. So, she wrote a second letter in which she politely mentioned that perhaps they had overlooked her request—naturally, she was aware that they were very busy people, and she was sorry to bother them—perhaps thinking that hers was a small matter. But it was not, because her peace of mind depended on their attention to her request. It was only a branch, and it wasn't as if she wanted them to take down the whole tree; just that one piece of it, the one encroaching on her window. She tried not to sound pitiful, but she wanted to be sure they grasped the importance of this situation in her life.

The answer arrived on Friday afternoon. Señor Aguirre himself dropped by. Celia led the man in the gray suit into Señora Lara's living room. When he walked in, he apologized that Señora Aguirre couldn't be there because they had a dinner party that night and Señora Lara knew how long it took the ladies to get themselves ready. Señora Lara was surprised by the thoughtfulness of her neighbor to have come over to her house, and she told him so sincerely. Señor Aguirre was terribly sorry that she'd been obliged to send a second letter, but he was unaware that there had been a previous one until his wife mentioned it. I'm sorry, he said, underscoring his displeasure with the mistake.

I'm sorry to bother you, but kindly sit here so that you might understand my concern. Señora Lara stood up and gave Señor Aguirre her place on the cream-colored sofa.

Please, he said, moving to one side so that she might assume her original position. I think I can see from here.

Señora Lara had to sit down very close to the man's legs, and that flustered her. But from there she pointed out the branch to him.

You see, I love the light from the picture window. I read here. I spend a lot of time here. Now I feel as if I were in a hole.

It was that sentence, Señora Lara, that convinced me of the seriousness of your request, Señor Aguirre said with a genuine smile.

Señora Lara asked if he'd like a cup of coffee, but Señor Aguirre said that he'd prefer a whiskey, if it was all the same to her. Señora Lara said, yes, of course and went over to the sideboard where the glasses and bottles were kept. She asked Celia for some ice and poured the two drinks herself. Señor Aguirre was looking out the window when she returned. She didn't dare to slip in right next to him, so she sat down on the divan.

I thought you liked the view from over here, Señor Aguirre declared without moving. She went over and sat down next to him. She had not had a drink with a man since Jaime left.

They toasted, and Señor Aguirre said that he would personally see to it that the branch was cut.

Under one condition, he said before leaving. That I may come over to verify the improvement.

Please do, she said nervously, taking note of the elegance of her neighbor's suit once he stood up. You will like how the light comes in.

The next morning, Señora Lara heard the buzzing of the electric saw and observed with satisfaction how a man straddling one of the main branches was cutting the one that blocked her view, the impudent one. The severed limb bent down bit by bit until it fell to the ground with a dull thud. She rejoiced at the sound, the victorious trumpet blast that welcomed the light back in. She felt like sending a thank you note, but the condition Señor Aguirre had imposed made her wait.

Two weeks later, Señora Lara was embarrassed she hadn't sent her thank you note immediately. Now it was too late. How had she been so stupid as to take Señor Aguirre seriously? He was a politician, after all, accustomed to making nice with people and campaigning for votes.

On Friday, the doorbell rang, and Celia conducted Señor Aguirre into the living room. He was wearing a black sweater in which he looked more relaxed.

I'm sorry to have taken so long to come see your window, but I've been traveling, he said, excusing himself before sitting down.

You were very kind to have the branch cut so quickly. Look what a difference it makes! she said, gesturing at the window.

But Señor Aguirre didn't look towards the window. He gazed at her instead.

I can see you've gotten out of the hole, he said, smiling and he sat down in the same place as last time. He patted the sofa to indicate that he wanted Señora Lara to sit down next to him.

Whiskey? she asked.

And they sat facing the window until the sun went down. Señora Lara told him about her years in Andalucía, and he told her about his urban redevelopment projects. They had a second whiskey and laughed together until Señor Aguirre said he had to go and asked if he might visit her again the next day. He had liked the light, he said, and his wife was traveling outside the city. They were neighbors, after all.

His words caught her off guard. He'd had two whiskies with her because his wife wasn't home. People need company. That was all she could figure, the only reality that mattered to her.

Of course, she said, as she accompanied him on his way out the door. Of course, she thought, when she returned to her position on the sofa and looked out through the big window at the darkness. She imagined how the sunlight would come into her living room the next day. She took one last sip of whiskey and awaited the impending whiteness. ☖

A Foreign Body

IT'S NOT EASY TO GET RID OF A DEAD BODY, LET ALONE a dead body that belongs to someone else. Perhaps if I start at the beginning, you'll understand that I had run out of options. Then that business of my midnight run down the train platform will make more sense to you.

We were on our way to Zacatecas by train when we met her, when we met *them*, to be precise. Because that night at dinner in the dining car, there were four of us: my wife, Gonzalo, Silvia, and me. We were going to celebrate our wedding anniversary by visiting my wife's godparents and doing a little sightseeing. Gonzalo and Silvia were traveling from Mérida, and their relationship seemed to be in its honeymoon phase. In fact, we struck up a conversation when my wife and I were having a beer in the smoking car and in the unavoidable close quarters of those narrow wagons—anyone who's had the pleasure of traveling in a Pullman car knows what I'm talking about—I looked at Silvia's legs.

In those days, women wore stockings and knee-length pencil skirts. The informal jeans look wasn't yet customary for traveling. Gonzalo felt my visual invasion of their privacy, so he hastily placed his hand on the band of thigh between hem and knee to signal his ownership. In order to avoid any kind of bad feelings—and, now that I think about it, to keep Silvia in view, for who could've imagined what would later transpire—I asked what they were drinking and told the waiter to bring a round for everyone. Afternoon became evening, and we not only enjoyed some cocktails together, but we also shared a table in the dining car. Gonzalo was a businessman from Yucatán who was clearly older than Silvia, who herself was no more than thirty-five, with dark hair gathered up on her head that gave her an air of nonchalant elegance. Gonzalo was an amusing fellow, and my wife was being entertained by his anecdotes while I was enjoying the beauty of Silvia, who was quite aware of her own soft sensuality. We all bid each other goodnight, thinking that we'd surely still have a chance to share a coffee in the morning, and we retired to the sanctuary of our separate compartments. My wife said it seemed to her they weren't married. Perhaps they're recently married, I remarked, trying somehow to defend Silvia's honor. She's not wearing a ring, my wife stated in her characteristically perceptive way.

We hadn't yet arrived in Zacatecas when someone knocked on the door. We thought it would be the porter informing us of our arrival. But it was Silvia, with her hair down, literally right there in front of us at our sleeping compartment door wearing her dressing gown.

It's Gonzalo, she said, her voice breaking with emotion. He's not breathing.

My wife put on a jacket over her nightgown and followed her. I pulled on my pants and caught up to them. Wordlessly, we hurried through the next car. The only thing that impeded our haste was the metallic grind between cars as the train lurched from side to side. Fortunately, Gonzalo was in the lower bunk. A consideration of his age on Silvia's part, I assumed. He was very pale. I took his wrist as I'd seen done before in the movies. Silvia looked at him, weeping. My wife touched his forehead the way she would that of a child. Cold, ashen, no pulse. We called the porter while my wife held Silvia in her arms. I looked at Silvia against the arid landscape visible through the window, and she looked so vulnerable there in her navy-blue silk dressing gown. I imagined her engaged in the physical exertions of the previous night. I couldn't help but notice her cleavage and her hair in disarray. It profaned a dead man to ponder the cause.

We had to wait a while sitting there in the car. The housekeepers boarded to do the clean-up, and we'd already put the suitcases out in the hallway, including Gonzalo's. Silvia wept as she put his shoes on for him. None of us dared to cover him up with those narrow bunk-bed sheets. Someone arrived from the Civil Registry along with a doctor, and they signed the death certificate, which Silvia at first didn't want to take from them. Fortunately, all the paperwork was done on board the train because Silvia declared that she was his wife, so there was no need to inform anyone else while they were cremating Gonzalo, and she paid the bill with money she'd taken out of his pants pocket. We didn't have the heart to leave her all alone during these tedious formalities. My wife, who's a warm-hearted and caring person, asked her to stay with us in our hotel when we left the crematorium. Silvia calmly carried off the metal urn in which Gonzalo continued to be among us.

Was it something he ate at dinner? I asked awkwardly.

We had an argument afterward, Silvia bravely admitted and then began to sob. My wife rebuked my blunder with a look.

How about coming with us to our anniversary party tonight? I said to cheer her up.

My wife once again reproached me for my suggestion. Perhaps she'd prefer to go back to be with his people in Mérida, she said.

Silvia looked at me, seeking my protection. No, no, I can't go back to his people or my own. It became clear to us that no one knew that Gonzalo La Puente was traveling with someone nor that he'd died and become a pile of ashes in his lover's lap.

So, Silvia went to the dinner with us, and we introduced her as an old friend of my wife's, revealing to no one what had happened. Meanwhile, my brothers-in-law, cousins by marriage, and a lot of family members I didn't even know elbowed me in the ribs and hinted that I was a lucky devil to be escorting such a good-looking woman. Though you may justly condemn me for it, I felt like a lucky man at that moment. I looked at her legs and smiled to think that no one and nothing but my own gaze could have them. If I'd only known back then the far-reaching significance of what I then considered a stroke of good luck.

She was an agreeable woman, and my wife adopted her, feeling gratified by the act of charity to which her Catholic conscience gave its blessing. Together, the three of us made the return trip by train. I should say the four of us, because Gonzalo was travelling in Silvia's toilet bag along with her creams, perfumes, and hairspray. I figured that night had to be painful for someone who had begun the journey as a couple and now was returning with a man who'd turned into a bronze container. No doubt she would put him to bed in the lower bunk and lie down again in the upper as a way of assuaging the painful memory of that fatal journey. She must have been accustomed to the fleeting, to a relationship lived in pieces, in fragments, because that night my wife told me that Silvia had been Gonzalo's lover for eight years. He was, indeed, married. Someone would have to let Señora La Puente know, I said, unsure what was appropriate under such circumstances.

It's none of our business, my wife said.

And what will Silvia do? I asked, certain that the two of them had already talked it over.

She'll stay with us for a few days while she thinks it over and figures out what to do with Gonzalo.

My wife knew I wasn't going to get into any mischief, because if not she would've come up with some other solution. So, when we arrived in Buenavista, we took a taxi to the house, where we settled Silvia into our daughter Mariela's bedroom. She had no choice but to agree to the arrangement when she heard the story. One week later, Silvia had already switched her black outfits for lighter colors, and she began to accompany my wife to mass, to the supermarket, and to play cards. We found out she sang Yucatecan boleros and that she became a tad convivial when she drank a couple of Cuba Libres. The following Sunday, she even prepared a Yucatán-style suckling pig for us, slow-cooked *pibil*-style. I slept with great difficulty because of my irresistible urge to spy on her while she slept, to gaze at her body stretched out across the sheets. Mariela told her mother that she'd already spent the night on the study sofa for two weeks. When was the lady leaving? My wife told her that she simply couldn't kick her out of the house after such a terrible tragedy, and that our daughter was being a fusspot. The fact is that, in order to placate Mariela and even though it would be more expensive, we told the live-in maid we wanted her to just come during the day, and we converted the maid's room for Silvia. After that, no one dared to tell Silvia she had to switch rooms, not even Mariela herself, who watched her praying to the urn that now was on her dressing table right next to a fuzzy pink French poodle that Mariela's boyfriend Javier had given her. So, one morning when Silvia was at the beauty salon, our daughter went into her bedroom to retrieve her most beloved possessions and made a pleasant little nook for herself in the maid's former quarters.

After a month, my wife's charitable spirit began to wear thin. Go to La Villa cemetery and get a niche for that damned urn, she said with utter irreverence.

One afternoon, I knocked on Silvia's bedroom door. The two of us were alone together in the house because my wife no longer invited her along for shopping or to see her friends, and my daughter now avoided spending time in her new quarters with its view of the laundry room.

Silvia, I've found a niche for Gonzalo.

She looked at me, her eyes bright with tears, and turned towards her powdery lover.

I don't know if I can live without him. I know I'm a burden to all of you and you've been so kind to me. I'm going to leave soon. I'm waiting for a letter from my aunt in Campeche.

I was so distraught over her situation that I begged her not to worry about it. While I was speaking with her, I contemplated her trembling lips that transformed into a smile tinted the alluring flame-red she always wore.

But you're so beautiful! Soon you'll make a new life for yourself, I said, trying to lift her spirits. Then she kissed me on the cheek, the kiss of a naughty little girl.

Did you tell her about the urn? my wife asked me that night while we were strolling down the sidewalk after dinner. It was impossible now to speak privately inside the house.

She doesn't want to be separated from him, I said by way of reply. She gave me a sharp look. She knew it was my job to desecrate the charity that she herself had made such a point of offering. That night, Mariela asked me the same question before going to her room.

You've told her about the niche, right?

I couldn't sleep. I lay there staring at the darkened lightbulb hanging from the ceiling thinking about how I hadn't bought a fixture to cover it since we'd moved into that house fifteen years earlier. Suddenly, stirred by outrage, I arrived at a solution. So, I entered her bedroom, turning the doorknob cautiously, and I contemplated Silvia with her dark hair in disarray and the same nightgown peeking out of the neckline of the same navy-blue dressing gown she was wearing that night two months ago when she informed us of the terrible event. Her knees were exposed, and the smoothness of her feet inspired me to caress them. What am I saying, "caress" them! No, to slide my tongue between her toes. She moved a little, and then I remembered the reason, the mission that my role of father and head of household commanded me to accomplish. So, I took it from the dressing table, looking at my reflection in the mirror as I removed her lover from the intimacy of the alcove. Pardon me, I whispered to the dead man, and then I knelt in front of the feet on the bed to gaze again at the arches and pink ankles, to reach out my hand with the improper aspiration to caress them.

I left quickly without closing the door behind me.

The city was deserted, so it didn't take me long to get to the station and to run to the platform as if I were late for a train and to deposit him there on the steps of one of the cars on the train to Guadalajara. I came home in short order, but at the house they'd already discovered Gonzalo was missing. My wife had her arms around Silvia who was weeping on her bed, and when no one was looking, Mariela put her pink French poodle back on the dressing table.

You could have just told me to get out, Silvia blurted out between sobs. That's no way to treat a person. You, who have been so kind to me.

I couldn't bear it for one more second. I knelt down in front of her, at her glorious feet and knees, without any regard for my wife's presence or her belated compassion.

I had to take him to the station, I had to get rid of him. Don't you see, Silvia? Gonzalo made me sad. I also loved him in those few kilometers we knew each other. He was making everyone in this household sad. It was an act of love, to not condemn Gonzalo to the dark hole of a niche. We need you to be happy, Silvia.

And as my wife let go of those shoulders that she'd been holding with such maternal zeal, I looked at Silvia's feet and felt sure they were well worth a dead man. ⊞

The Perfect Woman

I USED TO WALK THROUGH THIS PARK WHEN I VISITED my mother. She didn't live far from me. I would dress up because one Thursday a month she and I went out to eat together. We'd made this arrangement after my three children were born and she became a widow. We had to carve out some space for ourselves. On those days, she wasn't a grandmother or widow, and I wasn't a wife or mother. We were just mother and daughter, an opportunity that the circumstances of our lives and my brothers and sisters had stolen from us. So, when I went out with her, I would wear stockings, a tailored skirt, and the pink sweater with the pearl neckline, and I carried my brown suede handbag. We'd choose a nice restaurant, and mother's hired car would drive us there.

You might think that kind of outfit isn't appropriate for walking across a park in this city, but I'm not some sort of shrinking violet. I didn't want to miss out on the pleasure of walking along lost in my own thoughts beneath the jacaranda and ash trees and looking at the masses of hydrangea which reminded me of my childhood home, the one where I used to live with my parents and brothers and sisters, the one they sold when things didn't work out with the butcher shop and we had to squeeze the whole family into an apartment in the Colonia Roma.

My mother hated that apartment, so she didn't even bother to put flowerpots on its poky little balcony. Nothing like her bougainvillea at the San Ángel house. She wilted for a while, and it turned out that it was hard for her to sprout new leaves, new foliage to shelter us kids with. Losing the garden was terrible for my brothers and sisters and me, too. But the street offered us a bit of greenery and a freedom that was new to us. It was easy for us to accept the sunshine on the rooftop as a substitute. We ran off every afternoon.

My mother doesn't live in that apartment anymore. If she did, you wouldn't find me here now. Thursdays was the day we ate together, the day my husband took care of the kids. He understood what a great idea it was. He took them to the club and helped them with their homework, and I would be off with mother, drinking wine and getting happy and a touch nostalgic, as we recounted our memories of breakfasts in the big house in the nook next to the dining room where we used to spend most of the day. That's how the weekends were, anyway, though Mom would say that's how it was all the time. Every single day, the morning slipping away from us as we sat there in our robes with our coffee and cigarettes. She would be overcome with a massive case of yearning for what she believed was once half our lives: that table and the conversations we had around it. Then she'd light up another cigarette. How my mother smokes! I didn't think I would pick up the habit. But look at me now. Do you have a cigarette?

One day I was walking along in my brown skirt and pink sweater with the matching handbag and the silky stockings that my mother kidded me about, and there he was sitting on the bench. I was a little taken aback because he was a grimy man with a filthy, sooty jacket and a face I didn't dare to look at. I held myself very tall and pretended he didn't bother me so I could get past the bench, like it was nothing. I held my purse close to my hip and picked up my pace. My high heels made it impossible to run, as did my certainty that I shouldn't let him see I was in a hurry. Showing fear makes a person more vulnerable. I know that's how it works with dogs. They attack you if they smell your fear. But naturally I felt his gaze going right through me. You know how it is. A woman knows that feeling. The burning eyes and you becoming transparent, naked. Not to mention a bit flattered, I have to say. I passed the bench and kept my gaze fixed on the hedge-lined path. But his thick voice called out to me.

Hey.

I couldn't keep going as if nothing had happened. There was something of an appeal and a command in those three letters. I looked at him without saying a word, asking with my eyes if he was speaking to me.

Ma'am.

Then I stopped.

Sit down, please.

I stood there frozen in front of the green bench. His hands were clutching the edge. I don't know why my attention was drawn to them. I guess it was easier than looking at his face.

Don't be afraid.

I looked at his face then because there was something courteous in that turn of phrase. He had a haggard, ashen face, and his high cheekbones rose out of a scruffy beard. He reminded me of my cousin Felipe. I don't know why I thought of my cousin Felipe who always used to play with my brothers and looked at me as if he wanted to say something that he never did. He was killed in an accident. That sort of thing happens to boys. I hope it doesn't happen to mine. But Felipe told me again to sit down and so I did, on the far end of the bench and I sought the protection of the metal armrest. I sat very tall and rigid, without leaning back and with my knees and feet pressed close together. I looked at my just-shined shoes with the raised geometrical shapes, the ones that revealed my instep.

Don't think I was born here.

I didn't say anything.

Because I didn't want him to think I was prejudiced against him, you know? I set my handbag on my lap and turned to look at him without moving my body, just my neck and my ears pretending politeness. My hands fiddled with the handle of my bag, twirling it around as I waited to find out what else the man wanted to say to me. But he stayed quiet and didn't even look my way.

She was perfect, he said in a low voice.

Do you live here? I answered. I was anxious to be on my way.

He pointed at the park maintenance shed.

They let me sleep there. I take care of their shears and barrels. Sometimes I wear their rubber boots when I want to splash around in the fountain, when it has water in it, because the dirty bitches don't wash it every day. They make out with the truck drivers and I see how they slide their hands under the men's overalls. This place here's a dirty world, but a little less dirty.

I got up, and he saw I was leaving.

Sorry. I shouldn't talk about that shit. She used to tell me that, too. When I wanted to pet her, she pushed my hand away and she called me dirty. You make me sick, she used to say. Sick, ma'am...miss...

He sounded desperate.

I sat down again.

I would disgust her now, but back then I didn't. I was a respectable man with a car. Do you have a car? She had a car. That's why I didn't know when she was going out. She left when I left, which is to say, every single day. She went to see him. She was so pretty all dressed up. Just like you, with the silky stockings and the elegant skirt. She didn't like pants. Or my bad breath, either.

And then he laughed like crazy.

He frightened me. I glanced at my watch. I was already running late.

Sorry, but...

Always on time! She was, too. She always had the house ship-shape, my clothes ready, the food perfectly prepared, her hair perfectly styled. People sang her praises when they came to the house. We didn't have kids and she told me it wasn't 'cause of her, it couldn't be 'cause of her. I don't know why she was so sure about that. But who could tell her otherwise when she did everything else so well? She even called my mother every day and she gave my dog Bull his bath. She had him perfectly groomed by the time I got home from the office. Accountant. Yes. Here are my accounts...

He took a little notebook out of his pocket.

Forty lilies, ten rose bushes, three palm trees.

He held his notebook out to me, smudged with dirty fingerprints. I saw his neat writing, his perfect numbers.

This is on the main path. Two dogs, a rat, five squirrels. It's full of squirrels. Two bitches. Also full of bitches.

Then he bent his head over his notebook and took a pencil stub out of the same pocket. He made a note: One pretty lady. Pretty ladies never pass by.

I wanted to leave, but his words just kept coming.

I have to...

Go. Yes, I know, go. Everyone has to go. Except me. Look, I live here and at night the park is mine. All mine. You hear a rat now and then in the garbage cans, but I close up the maintenance shed, or I go out along the paths to the fountains and I run. I run hard. A man my age better not get sick, and certainly not a man in my situation. They would be picking up a dirty corpse. I hope you'll pardon me. If I had known I was going to see you today, I would've bathed. I would've washed my clothes and then I would've put them back on damp, at dawn before the bitches that wash the fountain come and the guards that watch over the park and the people that run early and before the fat ladies who throw their mats on the ground and do what the teacher tells them to. Before, before. I know how to prepare myself for a woman.

He didn't frighten me, though perhaps you don't believe me when I say that. He made me feel peaceful. He was big. His hands were strong and full of knots. I felt like a little girl sitting next to him.

Did you play in the park as a child?

He asked me this using the familiar *tú* and looking directly into my eyes. Then he covered his mouth.

Sorry. My breath. It's been a long time since I spoke with a woman. Those other ones just come to get me excited. They sneak into the maintenance shed and try to fondle me. I'm not made of wood and I end up doing what they want me to when they pull down my overalls and get all horny. Face to face? No, honey, we don't want to smell your mouth. They laugh at me, the bitches.

Then he grabbed my hand.

I don't know what I'm saying, I don't know how to be with an elegant woman. I've forgotten how. She never let me say such things.

I left my hand resting there between his dirty ones. It looked so white and prim to me with its wedding ring, there between his blackened man-hands. I liked my clean hand with its lacquered nails.

She wore pearl earrings and had a ring like yours with my name on it, he said softly. Every married woman carries the name of a man on her finger.

And he felt for my ring with his fingers and slipped it off. I have no idea why I didn't put up a struggle. He tried to read the name engraved inside and raised it up to the daylight that was filtering through the ash tree in front of us.

They gave them to us like that, I said, excusing myself to him. We didn't notice it at first and then we just decided to leave the engraving for later.

You shouldn't leave anything for later.

I became alarmed.

No. I should go.

I took my hand away from him.

Are they waiting for you to eat? He was looking directly at me.

Yes. My ring... I was anxious. I figured this was some sort of trick I had fallen for like an idiot.

You don't think I'm going to keep it, do you? What would I do with it? Huh! It doesn't even have a name on it.

He tossed the ring into the grass on the other side of the path. I froze.

I won't be able to explain it, I said calmly.

Don't explain it. She didn't explain anything to me. She just left.

My mother's waiting for me, I said. I didn't want to hear about his past.

Do you know what? he said, looking at me again without paying the least attention to what I had said to him. You aren't like her. You're prettier. Listen to me: You're really the perfect woman.

His legs covered with those dirty pants were pressed up against mine, and he had taken my hand back. Cornered like that, any idea I had of getting up and walking away evaporated. It was as if my power had left me with the ring. I leaned back against the bench and, without speaking, we waited for the evening to come. When the park lights came on, he explained to me that they were smart lamps and that thanks to them he wasn't left in complete darkness, he could see. Even when there was no moon.

Do you like parks? He put his arm around my shoulders, and I didn't mind the greasy jacket on my pink sweater.

Yes, I answered, looking at what I thought was a cloud of hydrangeas.

It's not so bad living here, he said. And he stood up, reaching out his hand so I would come along with him. We started walking as night fell. I liked his stride. His open shoes with no laces next to my new, strappy shoes. We walked arm in arm without talking, and I was thinking about the garden at my old house and its hydrangeas and how happy my mother would be when I told her. After our walk, we went into the shed and he motioned towards the mattress. He said he would be right back and, when he returned, he had washed his hands and face. I saw Felipe's skin and Felipe's eyes. Maybe he would have been just like that if he had grown up to be a man. And just like my cousin, he didn't say a single word to me. He just held me. When he tried to caress me, he got frightened and took his hand away. But then I took it and placed it on my breast, right on top of the pink sweater.

It's amazing. You really can't make out the pink of my sweater anymore. They don't come around to bother him anymore. At night, we wash in the fountain, and he's beautiful when he's naked and clean. I became his woman, and sometimes during the day I feel the urge to talk with someone here on this bench. To tell you that my mother's waiting for me to go out to eat with her, and my children, too. But I like this park with its ash trees and hydrangeas and the night and the fountain. This is where I live. It's perfect.

Do you understand me? No, don't go. I won't steal anything from you. ⌗

The Caretaker

THAT VERY MORNING SHE'D THOUGHT TO HERSELF, I should write down my name and address on a piece of paper and put it in my purse to have some sort of identification. She always said she'd fill out the page marked Personal Information as soon as she broke out her new date book, but it was March already and she'd totally forgotten about it. Now, hanging onto the bus's handrail above her head, she looked without seeing at the laps of the passengers in front of her whose knees she brushed against occasionally. After two years of working the same office job, she was so used to the morning commute that she instinctively knew how to ride out the sudden stops, where to place her arm and plant her feet. She would've preferred to make the trip sitting down, mostly because she took the opportunity to give her lips a final touch-up and pat her fluffy, lacquered hair-do back into place. With the morning rush, it never stayed put like it did on the weekends.

She'd been traveling in a stupor, afflicted with a strange exhaustion that felt like a hangover after a sleepless night. That was strange, since on Sunday she and Germán had done what they always did: watch TV with her aunt, have the quesadillas that Meche sold on the corner for supper, and then, after their music program ended at ten o'clock, Germán said goodnight because he had to get to the garage by seven the next morning. A feeling of weakness was washing over her with increasing intensity, and, alarmed, she leaned forward so that the air from the open window would blow directly onto her face. She switched her purse to the other shoulder and changed the position of her feet, and again became lost in contemplation of the passengers' laps, her head resting in the crook of her elbow. A cold sweat suffused her body, and she couldn't utter a sound to ask for help.

No doubt she'd ended up right there on those very same thighs wrapped in different sorts of cloth, had taken a brazen nosedive right onto the laps of the startled passengers in her red dress and pointy high-heeled shoes, purse still dangling from her shoulder. Now, gazing at an unfamiliar ceiling, Marisela began to speculate. She had no shoes on. Her feet, still crammed into Lycra stockings, were touching a synthetic bedspread, and the texture made her shudder. She was groggy and afraid of finding out where she'd wound up. It wasn't a hospital: the bare lightbulb hanging from the pistachio-green ceiling, the smell of cooked beans, and the quilted bedspread beneath her made that clear. Slowly, she turned her head. Next to the bed was a Formica table, and her black purse hung from the backrest of the nearest chair. What assailant would've laid her down on a bed, taken off her shoes, and put her purse within reach?

In the next room she saw a stove, but there were no sounds coming from over there. A pot on the burner was giving off the odor that permeated the apartment. On the back wall was a television on top of which sat a beige enamel vase holding two faded cloth roses. She let her eyes travel around the rest of the room. Near the foot of the bed was the entrance door, also painted pistachio green, on which hung a calendar. To one side of it was a wedding photograph in an oval frame. That sign of human life reassured her, and gradually she raised herself up to a sitting position on the bed.

The little red flowers on the bedspread made her dizzy, and she returned her gaze to the wall opposite the door, searching for windows. She saw two, high above a large wardrobe. She lowered her feet to the floor, and, reaching out to steady herself on the chair, she tried to stand. She crept over to the wardrobe and again felt the wooziness she had experienced on the bus. Quickly, she reached for a bottle of cologne that was on the wardrobe's built-in shelf. She opened it hurriedly and breathed in the aftershave's masculine scent. She caught sight of herself in the round mirror. She was pale, but her hairdo was still in place. Two other aftershave lotions, a deodorant, a condom, and a hairbrush were also reflected there in the mirror. All these things appeared to belong to a man and, intrigued now, she opened a drawer where undershorts, t-shirts, and socks coexisted all jumbled up together. She turned the key that was in the wardrobe door, and inside, the skirts of flow-ered pink dresses stood out, bright against blue and brown pants.

The alcohol in the aftershave had revived her, and she thought the time had come to leave. She'd write a thank-you note to the couple including her address, so that she might return their kindness someday. She sat in the chair where her purse hung and took out a pen and a sheet of paper ripped from her date book. She smiled, thinking of the ironic usefulness of it despite her failure to fill out the Personal Information page. She took the dusty vase from the TV and placed it on top of the note so that the occu-pants would see it there. She slipped her feet into her shoes, brushed her hand across the puffy bedspread to smooth it down, and, with her purse once again on her shoulder, she headed for the door. She turned the knob but couldn't open it. She looked for the deadbolt that had to be keeping it shut, but in vain. They had locked her in. She would have to wait until someone came back.

She put down her handbag and went to the kitchen to peek through any window that might give her an idea of where she was. As in the big room, there was a window like a small air vent high up. She dragged over a chair and climbed up to reach it, but it was impossible to see any-thing unless she stuck her face inside the vent's casement, and the chair wasn't high enough to allow that. She went back to the bedroom and climbed up on one of the wardrobe's shelves. She heard the racket of trucks and voices outside. But there was no other clue that might help her figure out on which street or in which neighborhood she now found herself.

Exhausted, she sat down on the bed. The effort had been too much in her still delicate state. She checked the time: it was noon. She should let her job, her aunt, or somebody know where she was. She squatted facing the front door. She could see a dark, empty hallway through the keyhole. She stayed there for a while, listening for footsteps, until she thought she heard something. She saw a woman's legs in stockings and high heels. She brought her mouth close to the keyhole and called out:

"Ma'am, here, ma'am!"

She watched the legs slow down and pause for a moment. She imagined the brain above those legs trying to figure out where the sound was coming from. She called out again, this time louder, but the woman continued on her way. Marisela gave up. She would wait. With luck, the worst they could do at work was dock her pay, and she'd get home at the same time as usual. She turned on the TV and stretched out on the old bed.

The sound of the opening door woke her up. It was night, and in the darkness, she couldn't make out who was coming in. The man turned on the light and apologized.

"Did I wake you up, beautiful?"

Marisela was left speechless by the way the stranger addressed her.

"You must be starving. I'll prepare some steaks and warm up some beans so we can eat."

The man spoke with feeling as he took off his sweater and hung it from a hook next to the door. He disappeared into the toilet that was behind an oilcloth curtain, and Marisela heard the strong flow of his urine, and then the flush whisking it away. Reappearing, he washed his hands at the sink that was outside the bathroom and casually approached the old bed where Marisela, having tugged her dress down over her legs, remained motionless. He sat on the edge of the mattress and took her face in his hands the way her father used to do.

"How lovely you look."

Marisela figured that she had been ruthlessly taken prisoner by this stranger, who was no doubt the apartment's only inhabitant. But the man caressed her hair with his thick hand. She couldn't keep her lips from trembling.

"I'll cover you up right away," he said.

He took a shawl from the wardrobe, threw it over her shoulders, and closed it in front for her as if she were a little girl. Then he went into the kitchen. Marisela tried to gather her wits about her, to regain her power of speech so that she could say thank you, and then leave. The man reappeared carrying two plates.

"Come, eat."

He turned on the TV and sat at the table. He ate without looking at her, engrossed in the black and white screen in front of him. Hungry, Marisela resisted the impulse to interrupt him, and she also ate. When he finished, he remained immersed in the TV. He had a wide, brown face and thick, black hair that was glossy from the tonic that he probably used every morning to slick it back. His arms were smooth and hairless, a wristwatch the only thing interrupting the dark luster of his skin. Uncomfortable with the silence, Marisela stood up and cleared the plates, which she washed in the kitchen sink. She gathered up the napkins and soda bottles. After she finished, she sat down in her chair, determined to speak.

"Would you kindly tell me where the bus stop is, and what line I should take to get home? It's late and they're waiting for me."

"Your home?"

"Yes. I'm very grateful for your help, but my aunt and boyfriend don't know where I am."

"You're already at home," he said.

"Thanks, that's very nice of you. I hope to return the favor one day and invite you to come to dinner at my aunt's house, because my parents live in Michoacán, you see, but all the same, when you come . . ."

The man didn't seem to be listening. He rose to his feet and took out a cot from behind the wardrobe.

"But there's no need," Marisela insisted, pleading.

The man unfolded the cot on the other side of the table, right next to the kitchen door, and took two blankets out of the wardrobe. Standing in the middle of the room, Marisela didn't know whether to cry or to start punching him in the chest. He gave her a blanket. Again, he took her face between his thumb and forefinger, and turned it towards himself.

"Rest now."

He turned off the light and went over to the cot. Standing speechless next to the table, Marisela watched as he took off his shirt, leaving his smooth, ample belly fully exposed. Intimidated, she lay down on the bed with its flowered quilt and covered herself with the blanket. She rested her head on the warm batting, but it only served to inflame her feelings of impotence and fury. She thought about her aunt, who would be out of her mind with worry, and Germán, who would have called around to all the hospitals and to her coworker Claudia. Nobody would know why she hadn't made it to the office that day, why she hadn't called in, why she hadn't come home. Between the noisy breathing of the man with whom she shared the room and the crashing waves of her unresolvable anxieties, she finally fell asleep.

The man woke up early. Marisela heard him stirring on the cot. As he made his way to the bathroom in the faint light from the small window lighting the room, she noticed something shiny hanging from his neck. He came out of the bathroom, his hair wet and his torso still naked. Marisela could make out that the bright object was a key. She slowly concluded that it must be the key to the front door, and that he would wear it beneath his shirt to work, or to wherever the hell he went, while she waited here with her sweaty, dirty red dress and the agony of eight more solitary hours. The man came out of the kitchen with two steaming mugs and approached Marisela.

"Here's your coffee, beautiful."

Marisela sat up, pulling the blanket up to her chest, and took the cup.

The two sipped in silence. He looked at her face, spellbound, and she buried her own gaze in the steam from the coffee.

"If you want to change, there are dresses in the wardrobe. It's been over a year, and the worthless bitch isn't gonna come back and give me shit about it."

He bent down and bestowed a kiss on Marisela, along with a strong smell of deodorant and cheap cologne. He took his sweater from the hook and closed the door behind himself. Marisela heard the key turn in the lock.

She had eight long hours to come up with a plan. She decided that there was no other way. So, when the man returned that evening, Marisela greeted him with a smile, wearing one of his wife's dresses, which featured a low neckline and, since it was a bit small on her, was rather tight around the hips. She'd put on lipstick and eye shadow, washed her underarms with soap, and combed her hair with his tonic. While he cooked, she found excuses to join him in the kitchen, which was so small that their bodies couldn't help but brush up against each other. He had a beer with dinner, but this timehe found it hard to concentrate on the TV. While Marisela washed the dishes, he came to get another beer and stood behind her, transfixed by the sight of her hips.

Marisela brought him one more beer and told him she was sleepy. Standing next to the bed, she started to undress with deliberate languor. She watched him as he approached her, his gaze dark. She turned off the light and breathed deeply, summoning up her desire for freedom so that she might find a way to endure the kisses and the enormous body on top of her. She took off his shirt. He squeezed her buttocks and ran a hand between her legs. Marisela caressed the man's back, pressed her mouth against his hairless chest, and took the key between her lips, sliding the chain over his head and disdainfully tossing it to the floor. With his pants around his knees and her naked body beneath him, the man ejaculated quickly and copiously, falling to one side, breathing hard and unevenly.

Marisela waited for an hour, maybe two. The man's semen dried between her legs. Slowly, she rolled off the mattress, and, sliding the key along with one foot, she crept over to the bathroom, where she'd left her red dress and shoes at the ready. Hurriedly and silently, she got dressed, took her purse and the shawl, and made her way to the door, keeping an eye on the man who was sleeping with his pants down around his knees, sated. She inserted the key and turned it slowly, rotating the knob and opening the door. She looked back at him, still asleep. She closed the door behing her. Then the key fell, and she could hear the creaking of the mattress springs, but she was already out in the street in front of the old building and hurrying away.

It took a while for her to recover, to take in what had happened to her during those two days, to get over her own daring and the memory of the stink of the man's cologne and beer washing over her. She didn't tell the whole story to anyone, not exactly the way it happened. On Sunday, they ate Meche's delicious quesadillas, and Germán was holding her especially close. She needed him, and she let herself take shelter in his caresses and embraces. After her aunt said goodnight, she and Germán said goodbye with a long kiss.

Marisela put on her nightgown. She removed the bedspread from the bed, but somehow the quilted texture of it and the pattern of little red flowers made her dizzy. A voice from the window consoled her.

"I told you this was your home, beautiful." ⊞

Meaty Pleasures

THE SATURDAY VISIT TO THE BUTCHER SHOP WAS MANDATORY. Papá and Mamá got all excited when they started to think through the shopping list out loud at breakfast: a rib roast and a leg of lamb, a skirt steak and some lean ground beef, a bit of pork fillet. My sister and I would plunge our spoons into our cereal, rescuing those poor little flakes from the white surface, which was the antithesis of the bloody list they mercilessly narrated, spoiling our appetites. I want chicken, said Estela, just to be a pain in the neck. The two of them shot her a dirty look for her attack on their meaty catalog. They told us to hurry off and make our beds and brush our teeth, and then, resigned to our fate, we got into the car that would bear us off triumphantly to the butcher shop in Colonia del Valle.

Estela and I had found a newsstand on the corner and, since we had our allowances with us, as soon as we got out of the family rattletrap, we'd run off to choose two comic books each. We could've read them sitting right there on the bench, but we liked to make them last for the whole week, reading them stretched out on our bedroom rug. So, we'd bring our jacks with us. Papá promenaded past the refrigerator cases, pointing out cuts of meat and discussing with Mamá how that shoulder roast looked good, or why not a piece of stuffed flattened tenderloin? Agustín was already cleaning the braising steak that Mamá inevitably ordered, arguing that she did so because we liked it so much. But really, it was she who loved watching him lard it up with a long blade loaded with bacon and julienned carrots, which he stabbed into the meat and then extracted, clean as a toreador's sword after the death blow.

Come! Look, you two! Mamá said, as she tried to make us stop running around on the granite floor to share her delight in this ordinary task. Look!

We both admired Agustín's skill in wielding the broad, sharp knives and the slender ones he used to detach the fat and skin, which he then piled up and put aside for our grandparents' dog. He put those bits into a clear plastic bag that my sister and I would refuse to carry. It was Agustín's moist hands that had knotted the bag closed, and it was sticky. But Papá and Mamá achieved their maximum exaltation when, on top of a piece of tree trunk, Agustín hammered the slices of sirloin steak with a meat mallet until they were thin enough for beefsteaks, then flattened them out even more for the meaty thin fillets that Mamá served au gratin. "Winter Sheets," she called the recipe, insisting on preparing them that way even though Papá always scraped off the bubbling cheese. It detracts from the taste of the beef, he'd say. The two of them fell silent as the flat hammer pounded away and at last subdued the animal muscle. For them, Agustín was like a virtuoso percussionist. His rhythmic sounds accompanied us as we played jacks on the inside steps of the butcher shop, our safe zone between the mounds of animal chunks and the street where people and cars were passing by.

The nightmare continued at home when they ate the meat they'd just bought. Between bites, Papá graded the level of doneness of the meat, the age of the animal, the quantity of salt, the lack of tenderizing, the need for pepper or thyme. Mamá chewed with her eyes closed and then said she would complain to Agustín that the lamb was too old, that the greasy taste had given it away.

We wondered if their courtship had taken place in that arena of animal flesh. But no, Mamá said that on Saturdays they used to go to Ajusco to eat quesadillas. It all began when *you* were born, she said, pointing at me and smiling as if I were to blame for the whole business. We took you along in the stroller. What a horror, I thought, imagining myself snuggled into my pink pillows in the midst of all those pieces of cow, slices of pig, and tender, skinned lambs. When our grandparents came by on Saturdays to take us out for spaghetti, we welcomed them with grateful kisses. That day, anyway, my sister and I wouldn't have to eat those bloody rocks carved out by Agustín.

Just think, right now you're eating a little baby calf, Estela said to me maliciously when Mamá served us veal. The meat was quite soft, so we didn't have to work very hard to stick the chewed pieces under the tabletop. One day Lola counted them, furious about the putrid mess it was her job to clean up. We didn't speak to her for a few days. But after that, we had to swallow without complaint every single piece of the kilos of meat that appeared before us, entered our refrigerator, and struck our parents' fancy.

The Christmas season was the pinnacle of their obsession. Estela and I exchanged looks when Mamá gazed in delight at the marble-topped table that Papá had bought her, the precise thickness and rounded-off edges that would allow the two of them to give form and precision to hunks of muscle right there at home, just like Agustín did at the butcher shop. Papá sighed happily at the sight of his gift from her, a set of impeccably manufactured German knives. They wanted to try them out right away. When the butcher's dowry of gifts they could give each other seemed to be reaching its end, they teamed up to buy an electric meat grinder. They hurled fistfuls of meat into the spiky apparatus and looked on as white-streaked pink worms were extruded from its metal orifices. They looked like kids before a stolen treasure trove of candy canes. If Christmas fell on a Sunday, we were spared the trip to Agustín's. But they would drag us over there on the twenty-sixth because they were giving a sweater or a wallet to their partner in crime.

When Papá turned fifty, Mamá asked his friends to take him out partying the day before because she needed to install a butcher's block fashioned from a tree stump in the house, one that was nearly identical to Agustín's. They had to remove the kitchen door to wedge it in while Mamá shouted at us to come downstairs to see. By that time, Estela and I had managed to convince them to leave us at home or at the club on Saturdays, and the butcher shop had begun to fade into the shameful past of our childhood. But that tree trunk, in the dead center of the kitchen, was a fresh affront. What were we going to tell our friends when they came over to our house? Your Papá's a butcher, they'd say, mocking us. It's horrible, I said. Lola won't be able to cook, Estela chimed in. Mamá looked at the stump and, without paying the slightest attention to our objections, she proudly declared: Your father will be happy.

Indeed, on weekends our house was filled with that rhythm of Agustín's they admired so much, unmusical at first and then becoming metrical with practice. By then, they had started to buy larger chunks of meat so they could fillet them and flatten the cutlets themselves. Mamá laughed at Papá's clumsiness. At first, they didn't know what to do with so much flattened meat, nor did we know what to do with the monotony of the menu. But as time went on, they dreamed up new dishes and organized dinner parties with all their friends to whom they showed off their stump, the knives hanging on the kitchen wall, and that slab of marble which was already permanently bloodstained. Their friends were dazzled by their hobby because, outside of their workplaces, Papá's office and the university classrooms where Mamá taught, neither at the movie theater, at restaurants, nor on holiday, had anyone ever witnessed this degree of passion.

When Estela and I left home to begin our adult lives, we suspected those Saturday binges of buying and flattening meat were followed by cuddling sessions stimulated by the wine and food. Sometimes we'd ask each other, have you tried calling Papá and Mamá on Saturday afternoons? Because on that day of week, they never answered the phone to either one of us.

Mamá died before Agustín the butcher. Estela and I had joked innumerable times about what would happen to that weekend idyll if their mentor were to leave them. But we had never imagined that the butcher shop would first slowly lose its clientele and that, soon after, Mamá's sudden heart attack would leave Papá so very alone. He kept working, and on Saturdays he'd call a taxi to take him to the butcher shop. At first, he tried to go on as if nothing had happened. Lola was the one who kept us up to date. *Your Papá left utter mayhem in the kitchen.* We were comforted to imagine the blood still dripping from the stump, though Mamá was no longer around to wipe the floors down with a rag. We liked to visualize the meat mallet on the tree trunk. We insisted on taking him out to eat or inviting him to our homes, but he still clung to his Saturday ritual as always, until he lost his appetite and his friends stopped inviting him over to play dominoes and he no longer cared what was on his plate or even knew if it was Monday, Thursday, or the weekend. Life seemed to lose all meaning for him, and Papá became downhearted and hermit-like. The kitchen became Lola's exclusive domain, and she walked around the tree trunk there in the dead center of it and kept the marble tabletop clean, as if at any moment Papá might take up his meaty hobby again.

That's why sometimes on Saturdays now, I go and pick up Estela, and we park the car right in front of the butcher shop where Agustín no longer works. The newsstand is still right there where it always was. We walk down the stairs where we once played jacks and stand in front of the refrigerator cases. We order four or five kilos of beefsteak just so we get to hear the hammering of the meat mallet on the slab and Mamá's laughter. Then we go home with tears in our eyes and meat for the week. 🄷

Mónica Lavín (México, 1955) has authored over twenty novels and short stories and essay collections. She was awarded the Gilberto Owen Premio Nacional de Literatura for her short story collection *Ruby Tuesday no ha muerto*, the Premio Narrativa de Colima for her novel *Café cortado*, the Premio Iberoamericano de Novela Elena Poniatowska for the novel *Yo, la peor*, and was shortlisted for the Vargas Llosa Novel Award for her novel *Cuando te hablen de amor*. She is a professor and researcher at the Autonomous University of Mexico City and a member of Mexico's prestigious Sistema Nacional de Creadores.

Mónica Lavín (Ciudad de México, 1955) es autora de más de veinte novelas y colecciones de cuentos y ensayos. Ha sido galardonada con el Premio Nacional de Literatura Gilberto Owen por su colección de cuentos *Ruby Tuesday no ha muerto*, el Premio Narrativa de Colima por su novela *Café cortado*, el Premio Iberoamericano de Novela Elena Poniatowska por la novela *Yo, la peor*, y fue preseleccionada para el Premio Vargas Llosa de Novela por su novela *Cuando te hablen de amor*. Es profesora e investigadora de la Universidad Autónoma de México y miembro del prestigioso Sistema Nacional de Creadores de México. 🈪

WIKIPEDIA ENGLISH: Mónica Lavín
WEBSITE: monicalavinescritora.com
TWITTER: @mlavinm

Dorothy Potter Snyder (Philadelphia, 1960) writes short fiction and essays and translates literature from Spanish. Her work has appeared in *The Sewanee Review, Exile Quarterly, Two Lines Journal, Public Seminar, Reading in Translation, La Gaceta de Tucumán*, and *Review: Literature and Art of the Americas*, among others. Her short story, *La puerta secreta* (The Secret Door) won recognition in the 2020 San Miguel Writers Conference International Short Story Competition and her story *Amor quemado* (Burnt Love) was selected for *Teresa Magazine's* anthology *Fin del mundo* (2020). A former New Yorker, she lives in Hillsborough, NC.

Dorothy Potter Snyder (Philadelphia, 1960) escribe ficción y traduce literatura del español. Sus textos se han publicado en *The Sewanee Review, Exile Quarterly, Two Lines Journal, Public Seminar, Reading in Translation, La Gaceta de Tucumán y Review: Literatura y Arte de las Américas*, entre otros. Su cuento *La puerta secreta* fue premiado por el Concurso Internacional de Cuentos 2020 de la Conferencia de Escritores de San Miguel, y su relato *Amor quemado* fue seleccionado para la antología *Fin del mundo* (Teresa Magazine 2020). Una ex-neoyorquina, vive en Hillsborough, Carolina del Norte. ⊞

PERSONAL WEBSITE: DorothyPotter.com
TWITTER: @DorothyPS
FACEBOOK: Dorothy Potter Snyder
INSTAGRAM: dpsnyder_writer